華麗なる探偵アリス&ペンギン

ホームズ・イン・ジャパン

南房秀久／著
あるや／イラスト

★小学館ジュニア文庫★

CONTENTS

もくじ

華麗《かれい》なる探偵《たんてい》アリス&ペンギン

The excellent detectives Alice and Penguin

ホームズ・イン・ジャパン

ファイル・ナンバー 0 怪盗赤《かいとうあか》ずきんVS名探偵《めいたんてい》ホームズ!? 009

ファイル・ナンバー 1 消《き》えた騎士《ないと》 067

ファイル・ナンバー 2 京都《きょうと》の休日《きゅうじつ》 122

明日《あした》もがんばれ！ 怪盗赤《かいとうあか》ずきん！ その11 195

CHARACTERS

とうじょう人《じん》物《ぶつ》

夕《ゆう》星《ずつ》アリス

中学《ちゅうがく》2年生《ねんせい》の女《おんな》の子《こ》。
お父《とう》さんの都合《つごう》で
ペンギンと同居《どうきょ》することに。
指輪《ゆびわ》の力《ちから》で鏡《かがみ》の国《くに》に入《はい》ると、
探偵助手《たんていじょしゅ》「アリス・リドル」に！

P・P・ジュニア

空中庭園《くうちゅうていえん》にある【ペンギン探偵社《たんていしゃ》】の探偵《たんてい》。
言葉《ことば》も話《はな》せるし、料理《りょうり》も得意《とくい》だぞ。

響《ひびき》琉《る》生《い》

アリスのクラスメイトであり、
TV《テレビ》にも出演《しゅつえん》する
少年名探偵《しょうねんめいたんてい》シュヴァリエ。
アリス・リドルの
正体《しょうたい》に気《き》づいていない。

怪盗《かいとう》 赤《あか》ずきん

変装《へんそう》が得意《とくい》な怪盗《かいとう》。
可愛《かわい》い洋服《ようふく》が大好《だいす》き。
P・P《ピーピー》・ジュニアには
いつも負《ま》けている。
相棒《あいぼう》はオオカミ！

赤《あか》妃《ひ》リリカ

アリスのクラスメイト。
超絶《ちょうぜつ》セレブで
ハ～リウッド・スターなので、
学校《がっこう》を休《やす》みがち。響琉生《ひびきるい》のことが大好《だいす》き。

シャーリー・ホームズ

ペンギン探偵社《たんていしゃ》
ロンドン支社《ししゃ》トップの探偵《たんてい》。
科学捜査《かがくそうさ》が得意《とくい》。

グリム兄弟《ブラザーズ》

兄《あに》ジェイコブ・グリムと
弟《おとうと》ウィルヘム・グリムの
天才犯罪《てんさいはんざい》コンサルタント。

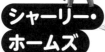

ファイル・ナンバー
0

怪《かい》盗《とう》赤《あか》ずきんVS.名《めい》探《たん》偵《てい》ホームズ!?

夕星《ゆうずつ》アリスは中学《ちゅうがく》2年生《ねんせい》。

「……ほ〜」

地味《じみ》な黒《くろ》い服《ふく》を着《き》て、ボ〜ッとしている姿《すがた》は、かなり頼《たよ》りなく見《み》えるけれど、アリスはただの中学生《ちゅうがくせい》ではない。

『ペンギン探偵社《たんていしゃ》』の見習《みなら》い探偵《たんてい》であり、不思議《ふしぎ》な指輪《ゆびわ》の力《ちから》で鏡《かがみ》の向《む》こうの国《くに》へ行《い》き、名《めい》探偵《たんてい》アリス・リドルへと変身《へんしん》することができるのだ。

「ほへ〜」

そしてアリスは今日《きょう》も、白瀬市《しらせし》で起《お》こる怪事件《かいじけん》や難事件《なんじけん》に挑《いど》んでいる。

――はず、なのだけど。

「……ふあああ」

学校《がっこう》から戻《もど》ってからずっと、よく日《ひ》の当《あ》たるソファーに座《すわ》って、あくびをしていた。

ここ数日《すうじつ》、大《おお》きな事件《じけん》もなく、探偵社《たんていしゃ》には捜査《そうさ》の依頼《いらい》がぜんぜん来《き》ていない。

つまり、ものすごくヒマなのである。

「うにゅにゅ〜、平和《へいわ》は困《こま》りますね〜。探偵《たんてい》の仕事《しごと》がなくって」

TV《テレビ》で海外《かいがい》のミステリー・ドラマを見《み》ながら物騒《ぶっそう》なことを口《くち》にしているのは、丸《まる》っこいアデリーペンギン。

この探偵社《たんていしゃ》の日本《にほん》支部《しぶ》長《ちょう》で、アリスの探偵術《たんていじゅつ》の師匠《ししょう》でもある、P《ピー》・P《ピー》・ジュニアである。

「こんなふうに毎日《まいにち》、ドッカンドッカンと大事件《だいじけん》が起《お》こる国《くに》がうらやましいですよ」

撃《う》ち合《あ》いのシーンが始《はじ》まると、P《ピー》・P《ピー》・ジュニアは今日《きょう》、3袋目《ふくろめ》のポテトチップの封《ふう》を切《き》った。

「ししょ〜、不謹慎《ふきんしん》です」

車《くるま》が爆発《ばくはつ》で吹《ふ》き飛《と》ぶ場面《ばめん》に目《め》を向《む》けて、アリスが小《ちい》さくひとつため息《いき》をついたその時《とき》。

デスクの上《うえ》にある、アンティークの電話《でんわ》のベルが音《おと》を立《た》てた。

「おにゃ？　事件《じけん》かも知《し》れませんね。アリス、出《で》てください」

P《ピー》・P《ピー》・ジュニアはポテトチップを頬張《ほおば》りながら、アリスに向《む》かってヒレを振《ふ》る。

アリスはソファーから立《た》ち上《あ》がり、受話器《じゅわき》を手《て》に取《と》った。

「ひゃい。こちゅら、ペンギン探偵社日本支部《たんていしゃにほんしぶ》です」

アリスは電話《でんわ》に出《で》るのがちょっと苦手《にがて》である。今《いま》も緊張《きんちょう》してちょっと噛《か》んでしまった。

『おお、アリスのお嬢《じょう》ちゃんか？』

聞《き》こえてきたのは、白瀬署《しらせしょ》の名垂警部《なだれけいぶ》の声《こえ》だった。

『ちょいと尋《たず》ねるが、お前《まえ》さんの知《し》り合《あ》いにシャーリーってイギリス人《じん》の女《おんな》の子《こ》がいるかい？』

アリスが知《し》るシャーリーはただひとり。

ペンギン探偵社《たんていしゃ》ロンドン支部《しぶ》で働《はたら》く、ちょっとお騒《さわ》がせな名探偵《めいたんてい》、シャーリー・ホームズだ。

「いるかいないかと聞《き》かれれば――」

いると答《こた》えると、間違《まちが》いなく何《なに》か面倒《めんどう》なことに巻《ま》き込《こ》まれそうな気《き》がする。

けれど、嘘《うそ》をつくのはいけないこと。

「……………………います」

アリスは少《すこ》しためらったけれど、正直《しょうじき》に答《こた》えることにした。

『そうかそうか』

名垂警部《なだれけいぶ》は、ホッとしたような口調《くちょう》になる。

『それじゃちょいとすまないが、署《しょ》まで引《ひ》き取《と》りに来《き》てくれ』

「……はい？」

シャーリーは今《いま》、遠《とお》く離《はな》れたイギリスにいるはず。アリスは自分《じぶん》の耳《みみ》を疑《うたが》った。

『だから、そのシャーリー・ホームズってお嬢《じょう》さんな。白瀬署《しらせしょ》で預《あず》かってんだ。早《はや》いとこ連《つ》れて帰《かえ》ってくれ』

名垂警部《なだれけいぶ》は言《い》いたいことだけ言《い》うと、一方的《いっぽうてき》に電話《でんわ》を切《き》る。

「名垂警部《なだれけいぶ》からでした」

アリスは受話器《じゅわき》を置《お》いて、P《ピー》・P《ピー》・ジュニアに告《つ》げた。

「おにょ！　ということは事件《じけん》ですか⁉」

P《ピー》・P《ピー》・ジュニアはTV《テレビ》を消《け》すと、瞳《ひとみ》をキラキラさせてアリスに聞《き》く。

「事件《じけん》ではありませんが……事件《じけん》になるかも知《し》れませんせん」

アリスは答《こた》えた。


アリスとP《ピー》・P《ピー》・ジュニアが、急《いそ》いでシャーリーを白瀬署《しらせしょ》に迎《むか》えに行《い》くと――。

シャーリー・ホームズは、留置所《りゅうちじょ》で優雅《ゆうが》にお茶《ちゃ》を飲《の》んでいた。

「遅《おそ》かったわね、P《ピー》・P《ピー》・ジュニアと夕星《ゆうずつ》アリス」

ティー・カップを指先《ゆびさき》でつまんだシャーリーは、アリスたちをチラリと見《み》て鼻《はな》を鳴《な》らした。

「あなた、何《なに》やったんです？」

鉄格子《てつごうし》の向《む》こうのシャーリーを、P《ピー》・P《ピー》・ジュニアは問《と》いただす。

「何《なに》やったって……」

シャーリーは唇《くちびる》を尖《とが》らせる。

「飛行機《ひこうき》がちょうど白瀬市《しらせし》の上空《じょうくう》にさしかかったから、降《お》りただけよ」

「降《お》りるとは、どのように？」

上空《じょうくう》にさしかかったから降《お》りた、という部分《ぶぶん》が気《き》になって、アリスは質問《しつもん》する。

「決《き》まってるでしょう、パラシュートでよ。パラシュートがなければ、地面《じめん》に激突《げきとつ》してるもの」

シャーリーは当然《とうぜん》という顔《かお》をした。

「ピキ〜ッ！　飛《と》んでる飛行機《ひこうき》から、勝手《かって》にパラシュートで降《お》りちゃダメでしょうが!?」

P《ピー》・P《ピー》・ジュニアの声《こえ》が裏返《うらがえ》る。

「勝手《かって》じゃないわ。一応《いちおう》、キャビン・アテンダントに断《ことわ》ったわよ。ここで降《お》りるって。そうしたら、そのキャビン・アテンダント、大騒《おおさわ》ぎしちゃって」

困《こま》ったものね、というようにシャーリーは肩《かた》をすくめた。

「……で、日本《にほん》の警察《けいさつ》に捕《つか》まった、と」

アリスはその場《ば》に崩《くず》れ落《お》ちそうになる。

「捕《つか》まって当《とう》〜然《ぜん》です！　そもそも、ど〜して急《きゅう》に日本《にほん》に来《き》てるんですか〜っ!?」

P《ピー》・P《ピー》・ジュニアは、足《あし》の水《みず》かきで床《ゆか》をペタタタタタタ〜ッと叩《たた》いた。

「別《べつ》に急《きゅう》じゃないわよ。私《わたし》、来《く》るって予告《よこく》したでしょ？」

シャーリーはカップをテーブルに置《お》く。

「…………………………………あ」

アリスは思《おも》い出《だ》した。

去年《きょねん》のクリスマス、みんなでパーティを開《ひら》いていた時《とき》にP《ピー》・P《ピー》・ジュニアにシャーリーから電話《でんわ》があった。

たまたまその場《ば》にいた美少女《びしょうじょ》（自称《じしょう》）怪盗赤《かいとうあか》ずきんが電話《でんわ》に出《で》て言《い》い争《あらそ》いになり、シャーリーは赤《あか》ずきんを捕《つか》まえに日本《にほん》に来《く》ると宣言《せんげん》したのだ。

「……もしかして、忘《わす》れていたの？」

そんなアリスの様子《ようす》を見《み》て、シャーリーは顔《かお》をしかめる。

「すっかり記憶《きおく》から消《き》えていました」

アリスは素直《すなお》に認《みと》めた。

「それ、去年《きょねん》の話《はなし》でしょ！　あれからずいぶん経《た》ってるじゃないですか！」

P《ピー》・P《ピー》・ジュニアが指摘《してき》する。

「こっちだって忙《いそが》しかったのよ！　ロンドンやパリで起《お》こっている、連続《れんぞく》テロ事件《じけん》やスパイ事件《じけん》を解決《かいけつ》していたんだから！」

と、シャーリーが反論《はんろん》したところに、名垂警部《なだれけいぶ》がやってきた。

「おいおい。もめるんなら、外《そと》でやってくれ。ともかくジュニアの旦那《だんな》、このお嬢《じょう》さんはあんたに預《あず》けたからな。あとはよろしく～」

警部《けいぶ》は留置所《りゅうちじょ》のロックを解除《かいじょ》して、鉄格子《てつごうし》の扉《とびら》を開《ひら》いた。

「さあ、案内《あんない》しなさい」

白瀬署《しらせしょ》を出《で》るなり、シャーリーはアリスたちを振《ふ》り返《かえ》った。

「どこへ……でしょう？」

アリスは首《くび》を傾《かし》げて聞《き》き返《かえ》す。

「決《き》まってるでしょ!?　生意気《なまいき》にも私《わたし》に挑戦《ちょうせん》してきた、怪盗赤《かいとうあか》ずきんのところへよ！　あなたたち、探偵《たんてい》なら当然《とうぜん》、凶悪犯罪者赤《きょうあくはんざいしゃあか》ずきんのアジトの情報《じょうほう》をつかんでいるんでしょうね!?」

「アジト？」

またもアリスは首《くび》を傾《かし》げた。

「秘密基地《ひみつきち》とか、隠《かく》れ家《が》とか、潜伏場所《せんぷくばしょ》とかのこと！」

シャーリーは説明《せつめい》する。

「いえ、言葉《ことば》の意味《いみ》ではなく、赤《あか》ずきんさんにそういう場所《ばしょ》はないような？」

と、アリス。

「……ちょうどいいです。この面倒《めんどう》な人《ひと》、赤《あか》ずきんに任《まか》せちゃいましょ」

P《ピー》・P《ピー》・ジュニアはアリスに耳打《みみう》ちする。

「ししょ〜、事件《じけん》を心待《こころま》ちにしていたのでは？」

「こんなど〜でもいい事件《じけん》は——お断《ことわ》りです」

P《ピー》・P《ピー》・ジュニアはふっと視線《しせん》をそらした。

という訳《わけ》で。

アリスとP《ピー》・P《ピー》・ジュニアはシャーリーを連《つ》れて、怪盗赤《かいとうあか》ずきんが放課後《ほうかご》、アルバイトをしている洋菓子店《パティスリー》『シェ・リリー』へと向《む》かうのだった。

「シェ・リリー。ここです」

駅前《えきまえ》から少《すこ》し歩《ある》いた先《さき》にある、白《しろ》い可愛《かわい》いお店《みせ》の前《まえ》にアリスたちは立《た》っていた。

「赤《あか》ずきん、この間《あいだ》までファミレスでバイトをしていたのでは？」

お店《みせ》を見上《みあ》げながら、P《ピー》・P《ピー》・ジュニアがアリスに尋《たず》ねる。

「またもや、クビになったそうです」

アリスは、赤《あか》ずきんの相棒《あいぼう》のオオカミから聞《き》いた話《はなし》をP《ピー》・P《ピー》・ジュニアに伝《つた》える。

「ファミレスの前《まえ》はハンバーガーショップ、その前《まえ》は喫茶店《きっさてん》、その前《まえ》はカラオケボックスでしたっけ？　長続《ながつづ》きしませんねえ」

「レジ打《う》ちがうまくできないようで」

これも、オオカミから聞《き》いた話《はなし》である。

「どれだけ不器用《ぶきよう》なんです、あの子《こ》は」

P《ピー》・P《ピー》・ジュニアは、深《ふか》〜いため息《いき》をついた。

自動《じどう》ドアが開《あ》いて、ふたりと1羽《わ》が中《なか》に入《はい》ると。

「いらっしゃいませ〜」

ピンクのストライプの制服《せいふく》の女《おんな》の子《こ》がショー・ケースの向《む》こうから、ぎこちない笑顔《えがお》で声《こえ》をかけてきた。トレードマークのずきんはかぶってないが、間違《まちが》いなく赤《あか》ずきんである。

「あ〜、ペンちゃんとアリス〜！」

アリスたちに気《き》がつくと、赤《あか》ずきんの表情《ひょうじょう》がパッと明《あか》るくなった。

「わ〜い、来《き》てくれたんだ！　ねねねね、何《なに》か買《か》って帰《かえ》って！　今《いま》なら、ミニ・シューがお買《か》い得《どく》だよ！　カスタードに、チョコに、ストロベリーと抹茶味《まっちゃあじ》があって、5個《こ》で300円《えん》プラス消費税《しょうひぜい》！　100円《えん》ごとにポイントがたまる、リリー・ポイントカードも作《つく》ってあげちゃうよ」

「……怪盗赤《かいとうあか》ずきんさんです」

アリスは隣《となり》で固《かた》まっているシャーリーに、赤《あか》ずきんを紹介《しょうかい》した。

「美少女怪盗《びしょうじょかいとう》よ、美少女怪盗《びしょうじょかいとう》！　何度《なんど》も言《い》うようだけど、そこ、間違《まちが》えないで！」

赤《あか》ずきんはアリスの鼻先《はなさき》に人差《ひとさ》し指《ゆび》を突《つ》きつけて訂正《ていせい》すると、シャーリーの方《ほう》に目《め》を向《む》ける。

「って、この子《こ》、誰《だれ》？」

「こうやって顔《かお》を合《あ》わすのは、初《はじ》めてだったわね」

気《き》を取《と》り直《なお》したシャーリーは髪《かみ》をかき上《あ》げて、堂々《どうどう》と名乗《なの》った。

「そう、私《わたし》こそがロンドンきっての名探偵《めいたんてい》、シャーリー・ホームズよ！」

「ホームズさん？　日本語《にほんご》、上手《じょうず》だね」

赤《あか》ずきんは聞《き》き流《なが》し、ショー・ケースの中《なか》を指《ゆび》さす。

「フォンダン・ショコラ、いらない？　電子《でんし》レンジで8秒《びょう》くらい温《あたた》めると、中《なか》のチョコが溶《と》けてよりいっそうおいしくなるんだってさ」

「………私《わたし》には5個《こ》で300円《えん》のミニ・シューを押《お》しつけようとしたくせに、シャーリーには1個《こ》400円《えん》のフォンダン・ショコラですか？」

不満《ふまん》そうな顔《かお》になったのは、P《ピー》・P《ピー》・ジュニアである。

「ケーキの話《はなし》はあとにしなさい！」

シャーリーはドンッと床《ゆか》を踏《ふ》みしめ、ショー・ケース越《ご》しに赤《あか》ずきんに詰《つ》め寄《よ》った。

「あなた、大胆不敵《だいたんふてき》にもこの私《わたし》に挑戦《ちょうせん》してきたでしょう!?　だから、こうしてわざわざや

ってきたのよ！」

「んなこと、あったたっけ？」

赤《あか》ずきんは考《かんが》え込《こ》んだ。

「あのですね、去年《きょねん》のパーティの時《とき》に――」

アリスは赤《あか》ずきんに耳打《みみう》ちする。

「……………………………………ああ」

赤《あか》ずきんはやっと思《おも》い出《だ》したように、ポンと手《て》を打《う》った。

「そうそう、チャーリー・ホームズね。うん、あん時何《ときなに》か、てきと〜に話《はな》したよ」

「て、適当《てきとう》に⁉」

シャーリーの目《め》がつり上《あ》がる。

「ていうか、私《わたし》はシャーリー！　誰《だれ》がチャーリーよ！」

「……この人《ひと》、超面倒《ちょうめんどう》くさい人《ひと》？」

赤《あか》ずきんはシャーリーを指《ゆび》さしながら、アリスに小声《こごえ》で聞《き》いた。

「そういう質問《しつもん》に答《こた》えるのは、やや問題《もんだい》が」

と、ささやき返《かえ》しながらも、アリスは思《おも》わず頷《うなず》いていた。

「だいたい、チマチマとバイトで稼《かせ》ぐなんて、あなたには怪盗《かいとう》としてのプライドはないの？　何《なに》かこう、もっとマスコミを騒《さわ》がすような事件《じけん》を起《お》こしなさい！」

シャーリーは腕組《うでぐ》みをして赤《あか》ずきんをにらむ。

「それ、言《い》われるとなあ——」

店《みせ》の奥《おく》から赤《あか》ずきんの相棒《あいぼう》のオオカミが、お揃《そろ》いの制服姿《せいふくすがた》で現《あらわ》れて肩《かた》を落《お》とした。

「すまん、返《かえ》す言葉《ことば》がねえ」

どうやらオオカミも、ここで働《はたら》いているようだ。

「……あんた、どっちの味方《みかた》よ」

赤《あか》ずきんはオオカミに白《しろ》い目《め》を向《む》けてから、手《て》を振《ふ》ってシャーリーを追《お》い払《はら》う仕草《しぐさ》をする。

「ともかく、今《いま》はバイトで忙《いそが》しいんだから、ケーキ買《か》わないんなら帰《かえ》ってよ」

「こ、この私《わたし》がわざわざ日本《にほん》まで足《あし》を運《はこ》んだっていうのに、何《なん》なのこの扱《あつか》いは！」

シャーリーは握《にぎ》ったこぶしをワナワナと震《ふる》わせた。

「この三流《さんりゅう》のダメダメ怪盗《かいとう》！　絶対《ぜったい》に許《ゆる》さないわよ！」

「さ、三流《さんりゅう》？」

赤《あか》ずきんの頬《ほお》がピクピクと震《ふる》える。

「国際怪盗連盟《こくさいかいとうれんめい》の会員《かいいん》ナンバー777のこのあたしが、三流《さんりゅう》ですって！」

「三流《さんりゅう》で悪《わる》ければ、四流《よんりゅう》か、五流《ごりゅう》、それとも六流《ろくりゅう》かしら？」

シャーリーは鼻《はな》で笑《わら》った。

「……面白《おもしろ》いわね」

赤《あか》ずきんはひらりとショー・ケースを飛《と》び越《こ》えて、シャーリーの前《まえ》に立《た》つ。

「名探偵《めいたんてい》チャップリン・ホームズ！　日本《にほん》が誇《ほこ》る美少女《びしょうじょ》、美少女怪盗赤《びしょうじょかいとうあか》ずきんがあなたに勝負《しょうぶ》を挑《いど》む！　今夜《こんや》、予告状《よこくじょう》をお届《とど》けするから楽《たの》しみに待《ま》っていなさい！」

赤《あか》ずきんは宣言《せんげん》した。

「おお！　久々《ひさびさ》に怪盗《かいとう》っぽいぜ！」

と、オオカミもしっぽを振《ふ》る。

「……チャップリンではなく、シャーリーさんです」

アリスは一応《いちおう》、訂正《ていせい》しておいた。


で、その夜《よる》。

アリスたちはペンギン探偵社《たんていしゃ》に戻《もど》り、美少女怪盗赤《びしょうじょかいとうあか》ずきんから予告状《よこくじょう》が届《とど》くのを待《ま》った。

ところが――。

「遅《おそ》い！」

真夜中《まよなか》を30分《ぷん》以上《いじょう》過《す》ぎても予告状《よこくじょう》は届《とど》かず、シャーリーはアリスが座《すわ》る椅子《いす》のまわりをイライラと歩《ある》き回《まわ》っていた。

「電話《でんわ》してあげてください」

深夜《しんや》のミステリー・ドラマが終《お》わった頃《ころ》に、P《ピー》・P《ピー》・ジュニアがアリスに言《い》った。

アリスは数学《すうがく》の宿題《しゅくだい》を解《と》いていた――ぜんぜん解《と》けていないが――手《て》を止《と》めて、赤《あか》ずきんに電話《でんわ》する。

すると。

『むにゃ？』

電話《でんわ》の向《む》こうで、明《あき》らかに今《いま》、目《め》を覚《さ》ましたばかりの声《こえ》がした。

「……忘《わす》れてましたね」

アリスは肩《かた》を落《お》とす。

『何《なに》を～？　………って、あああ～っ！』

あわてて起《お》き上《あ》がる音《おと》が聞《き》こえる。

『アリス、今何時《いまなんじ》!?』

「午前《ごぜん》0時《じ》45分《ふん》です」

『今《いま》からそっこ～で予告状書《よこくじょうか》いて、そっち行《い》くから！』

赤《あか》ずきんが寝《ね》ぼけ顔《がお》でペンギン探偵社《たんていしゃ》に到着《とうちゃく》したのは、それからさらに1時間後《じかんご》のことだった。


「ごっめ～ん！　何《なに》を狙《ねら》おうかな～って考《かんが》えちゃってるうちに、いつの間《ま》にか寝《ね》てた～！」

赤《あか》ずきんは探偵社《たんていしゃ》に入《はい》ってくるなり、言《い》い訳《わけ》した。

「この時間《じかん》じゃバスもねえし、ここまで来《く》んの大変《たいへん》だったぜ」

赤《あか》ずきんを乗《の》せて走《はし》ってきたのか、舌《した》を出《だ》しているオオカミの息《いき》はゼイゼイと荒《あら》い。

「ともかく、はい」

赤《あか》ずきんはシャーリーに、シールがたくさん張《は》ってある薄《うす》いグリーンの封筒《ふうとう》を渡《わた》した。

「予告状《よこくじょう》って、普通《ふつう》、本人《ほんにん》が直《じか》に届《とど》けるものじゃないと思《おも》うんだけど」

シャーリーは、渋《しぶ》い顔《かお》でその封筒《ふうとう》の封《ふう》を切《き》る。

封筒《ふうとう》の中《なか》の、二《ふた》つ折《お》りになった便《びん》せんには——。

予告状《よこくじょう》

明日《あした》の深夜《しんや》0時《じ》
美少女怪盗赤《びしょうじょかいとうあか》ずきんが
赤妃邸《あかひてい》に参上《さんじょう》して
青《あお》いカーバンクルを頂《いただ》いちゃうから
楽《たの》しみに待《ま》っててね

美少女怪盗赤《びしょうじょかいとうあか》ずきん

――と、あった。

ご丁寧《ていねい》にも「美少女《びしょうじょ》」の部分《ぶぶん》が赤《あか》で書《か》かれている。

「青《あお》いカーバンクル！　あれがこの日本《にほん》にあるの!?」

予告状《よこくじょう》を読《よ》んだシャーリーの目《め》が、驚《おどろ》きで丸《まる》くなった。

「狙《ねら》われるのは、またも赤妃《あかひ》さんの家《いえ》ですか。あの人《ひと》もなんだかんだで、赤《あか》ずきんの被害《ひがい》にあってますね～」

P《ピー》・P《ピー》・ジュニアは肩《かた》を――ないけど――すくめる。

赤妃《あかひ》リリカは大企業《だいきぎょう》赤妃《あかひ》グループのひとり娘《むすめ》で、ハリウッド映画《えいが》にも登場《とうじょう》する超《ちょう》セレブ。

そしてアリスのクラスメートでもあるのだ。

「青《あお》い……カバンが来《く》る？」

と、首《くび》を傾《かし》げたのはアリスだった。

「青《あお》いカーバンクルよ！」

「青《あお》いカーバンクルでしょが！」

シャーリーと赤《あか》ずきんが、ほとんど同時《どうじ》に突《つ》っ込《こ》んだ。

「カーバンクルというのは、丸《まる》い形《かたち》で赤《あか》い色《いろ》をしている宝石《ほうせき》のことよ！　でも、このカーバンクルは青色《あおいろ》！　本物《ほんもの》だとすれば、世界《せかい》でたったひとつ！」

シャーリーはアリスにそう告《つ》げてから、確《たし》かめるようにP《ピー》・P《ピー》・ジュニアに尋《たず》ねる。

「――本当《ほんとう》に、あの青《あお》いカーバンクルで間違《まちが》いないの？」

「ええ、おそらく」

P《ピー》・P《ピー》・ジュニアはクチバシを縦《たて》に振《ふ》った。

「そんなに有名《ゆうめい》な宝石《ほうせき》なのですか？」

アリスは、P《ピー》・P《ピー》・ジュニアとシャーリーの顔《かお》を交互《こうご》に見《み》る。

「もちろん。その昔《むかし》、私《わたし》の親戚《しんせき》のシャーロックが関《かか》わった事件《じけん》にも登場《とうじょう》する宝石《ほうせき》よ。ワトソン博士《はかせ》がシャーロックの手《て》がけた事件《じけん》を発表《はっぴょう》した時《とき》に、間違《まちが》って青《あお》いカーバンクルって書《か》いちゃったのが今《いま》に伝《つた》わっているけれど、本当《ほんとう》はあの宝石《ほうせき》、ブルー・ダイヤモンドなの。大《おお》きさはイギリス王室《おうしつ》が持《も》っている有名《ゆうめい》なダイヤモンド、コ・イ・ヌールのおよそ2倍《ばい》。珍《めずら》しい形《かたち》と大《おお》きさ、それに歴史的《れきしてき》な価値《かち》を考《かんが》えれば、日本円《にほんえん》で数十億《すうじゅうおく》はするでしょうね」

シャーリーは解説《かいせつ》すると、改《あらた》めて赤《あか》ずきんに視線《しせん》を向《む》けた。

「ホームズ家《け》の私《わたし》を相手《あいて》に、青《あお》いカーバンクルで勝負《しょうぶ》を挑《いど》むとは、なかなか洒落《しゃれ》たことを考《かんが》えるじゃない？」

「よ、ようやく、私《わたし》のすごさが分《わ》かったようね？」

赤《あか》ずきんは腕組《うでぐ》みをして胸《むね》を張《は》るが、ちょっと視線《しせん》が泳《およ》いでいる。

「たまたま、だよな？　青《あお》いカーバンクルのことを知《し》ったのって、前《まえ》にニュースで見《み》たからだ——ってえ！」

赤《あか》ずきんは、余計《よけい》なことを言《い》うオオカミのしっぽを踏《ふ》んづけた。

「ともかく、明日《あした》ね。あたし、これから少《すこ》し寝《ね》るから」

赤《あか》ずきんはあくびをすると、近《ちか》くのソファーに横《よこ》になる。

「って、ここでですか〜⁉」

「さ、さすが怪盗《かいとう》。大胆《だいたん》ね」

と、あきれるP《ピー》・P《ピー》・ジュニアとシャーリー。

アリスが毛布《もうふ》を持《も》ってきて、肩《かた》にかけてあげた頃《ころ》には、赤《あか》ずきんはもう寝息《ねいき》を立《た》て始《はじ》めていた。

そして、翌日《よくじつ》。

「庶民《しょみん》アリ〜ス！　一大事《いちだいじ》ですわよ！」

月曜日《げつようび》なので学校《がっこう》に行《い》くと、赤妃《あかひ》リリカがアリスの席《せき》にやってきた。

「あの間抜《まぬ》けな赤《あか》ずきんから、我《わ》が家《や》に予告状《よこくじょう》が来《き》ましたわ！」

リリカはアリスに予告状《よこくじょう》を見《み》せる。

今朝《けさ》、早起《はやお》きしたオオカミが届《とど》けたもので、文章《ぶんしょう》はほとんど同《おな》じ。

1か所《しょ》だけ違《ちが》っていたのが、最後《さいご》の部分《ぶぶん》である。

「これはかなり……落《お》ち込《こ》む」

アリスはガックリと肩《かた》を落《お》とした。

予告状《よこくじょう》の最後《さいご》には、美少女怪盗赤《びしょうじょかいとうあか》ずきんの名前《なまえ》のすぐ横《よこ》に、怪盗黒《かいとうくろ》にゃんこ、と書《か》かれている。

怪盗黒《かいとうくろ》にゃんこ。

それは、アリスが前《まえ》に正体《しょうたい》を隠《かく》して、赤《あか》ずきんに協力《きょうりょく》した時《とき》の姿《すがた》である。

最初《さいしょ》、怪盗《かいとう》としてみんなの前《まえ》に登場《とうじょう》した時《とき》、本当《ほんとう》は「怪盗黒猫《かいとうくろねこ》」と名乗《なの》るつもりだった。でも、緊張《きんちょう》して噛《か》んでしまい、「猫《ねこ》」が「にゃんこ」になってしまった。以来《いらい》ずっと、「黒《くろ》にゃんこ」と呼《よ》ばれ続《つづ》けているのだ。

「赤妃家《あかひけ》の秘宝《ひほう》を狙《ねら》うなんて、許《ゆる》されませんわ！　庶民《しょみん》アリス！　大至急《だいしきゅう》、P様《ピーさま》をお呼《よ》びなさい！　この超絶《ちょうぜつ》セレブの赤妃《あかひ》リリカが、直々《じきじき》に青《あお》いカーバンクルの警護《けいご》を依頼《いらい》いたしますわ！」

と、リリカが人差《ひとさ》し指《ゆび》をアリスの鼻先《はなさき》に突《つ》きつけたその時《とき》。

「その話《はなし》、僕《ぼく》にも聞《き》かせてもらえないかな？」

アリスの肩越《かたご》しに、優《やさ》しい声《こえ》が聞《き》こえた。

「……響君《ひびきくん》」

振《ふ》り返《かえ》ると、そこにはクラスメートの響琉生《ひびきるい》の笑顔《えがお》があった。

TV《テレビ》の人気《にんき》ミステリー・バラエティ『ミステリー・プリンス』に登場《とうじょう》する探偵《たんてい》シュヴァリエは、実《じつ》はこの琉生《るい》なのだ。

「さすが響様《ひびきさま》！　このリリカの危機《きき》に、さっそうと参上《さんじょう》してくださるのですね！」

リリカの瞳《ひとみ》がキラキラと輝《かがや》く。

「だったら、僕《ぼく》にも何《なに》か手伝《てつだ》わせてくれませんか？　アリス・リドルちゃんが現《あらわ》れるかも知《し》れないですから」

アリス・リドルのファンであるクラスメート、白兎計太《しらとけいた》までもが話《はなし》に割《わ》り込《こ》んでくる。

「いろいろと大変《たいへん》なことになりそうで……さらに落《お》ち込《こ》む」

ひたすら気《き》が重《おも》くなるアリスだった。


そんなこんなで放課後《ほうかご》。

6限目《げんめ》の授業《じゅぎょう》が終《お》わり、みんなで赤妃邸《あかひてい》に向《む》かおうとしたところで。


お助《たす》け、プリ〜ズ♪

というメッセージが、アリスのスマートフォンに届《とど》いた。

差出人《さしだしにん》は、赤《あか》ずきんである。

最後《さいご》の♪を見《み》ると、本当《ほんとう》に困《こま》ってるのかどうか、かなり疑《うたが》わしい気《き》もするのだが、メッセージには続《つづ》いて――


大至急《だいしきゅう》、駅前《えきまえ》コンコースの広場《ひろば》に来《き》て〜♪


とある。

(間違《まちが》いなく、黒《くろ》にゃんこのことですね)

アリスは小《ちい》さくため息《いき》をつくと、すまなそうに琉生《るい》たちに告《つ》げた。

「……あの、少《すこ》し寄《よ》るところができたので」

「じゃあ、僕《ぼく》らは先《さき》に赤妃《あかひ》さんの家《いえ》に行《い》ってるよ」

琉生《るい》が笑顔《えがお》で頷《うなず》いてくれたので、アリスはホッとする。

「それはすご〜く残念《ざんねん》ですが、仕方《しかた》ありませんわね！　……ついでに計太《けいた》も、どこかに行《い》って構《かま》いませんのよ、なるべく遠《とお》〜く、南極点《なんきょくてん》ぐらいがいいですわね」

琉生《るい》の腕《うで》を取《と》るリリカの笑《え》みは、計太《けいた》に対《たい》し「邪魔《じゃま》だからついてくるんじゃないですわよ」、と語《かた》っていた。

「いつものことだけどさ、赤妃《あかひ》さんの僕《ぼく》への扱《あつか》いって、ひどすぎない？」

計太《けいた》は首《くび》を振《ふ》りつつも、ふたりについていく。

「では、と」

校門《こうもん》の前《まえ》で３人《にん》と別《わか》れたアリスは、駅前《えきまえ》へと急《いそ》いだ。

で、10分後《ぷんご》。

「お〜ね〜が〜い！　カーリー・ホームズに負《ま》けたくないの！　手《て》を貸《か》して〜！」

高校《こうこう》の制服姿《せいふくすがた》で現《あらわ》れた赤《あか》ずきんは両手《りょうて》を合《あ》わせ、拝《おが》むようにアリスに泣《な》きついてきた。

「と言《い》われましても、私《わたし》、探偵《たんてい》なので。あと、カーリー・ホームズではなく、シャーリー・ホームズさんです」

アリスは訂正《ていせい》する。

「けどけど、アリスは怪盗黒《かいとうくろ》にゃんこでもあるんでしょ！　私《わたし》が手《て》を貸《か》して欲《ほ》しいのは、黒《くろ》にゃんこなんだってば！」

普段《ふだん》からムダに大《おお》きい赤《あか》ずきんの声《こえ》が、一段《いちだん》と大《おお》きくなった。

通《とお》りがかりの人《ひと》たちが何事《なにごと》かと立《た》ち止《ど》まって、こっちを見《み》つめる。

「盗《ぬす》んだ後《あと》、ちゃんと返《かえ》す！　ちゃんと返《かえ》すって、約束《やくそく》するから！　お願《ねが》い、黒《くろ》にゃんこ様《さま》〜っ！」

「声《こえ》が大《おお》きいです」

アリスは誰《だれ》かに聞《き》かれる前《まえ》に、あわてて赤《あか》ずきんの口《くち》を手《て》でふさいだ。

「なあ、頼《たの》むぜ。こいつひとりじゃ危《あぶ》なっかしくてよ。ていうか、このままだと確実《かくじつ》に捕《つか》まる」

一緒《いっしょ》にやってきたオオカミまでもが、アリスに頭《あたま》を下《さ》げた。

「……考《かんが》えておきます」

頼《たの》まれると、断《ことわ》りきれないのがアリスである。

とりあえず、犯行予告時間《はんこうよこくじかん》の10分前《ぷんまえ》に赤妃邸《あかひてい》の裏《うら》で落《お》ち合《あ》う約束《やくそく》をすると、アリスは赤《あか》妃邸《ひてい》へと向《む》かうのだった。

さて。

白瀬市《しらせし》に住《す》む者《もの》なら誰《だれ》でも知《し》っていることだが、赤妃邸《あかひてい》はやたらと広《ひろ》い。

門《もん》から屋敷《やしき》の玄関《げんかん》まで、P《ピー》・P《ピー》・ジュニアのスクーターでも5分《ふん》はかかる。

だから、外《そと》から来《く》る人《ひと》のために、敷地《しきち》の中《なか》を回《まわ》るバスが走《はし》っているくらいなのだ。

アリスも何度《なんど》か、お邪魔《じゃま》したことがあるけれど、その度《たび》に迷子《まいご》になっている。

「遅《おそ》いですわよ、庶民《しょみん》アリス」

アリスがリリカの部屋《へや》——部屋《へや》と言《い》っても、中学校《ちゅうがっこう》の体育館《たいいくかん》ぐらいある——に到着《とうちゃく》すると、リリカが冷《つめ》たい視線《しせん》を向《む》けてきた。

「ごめんなさいです」

部屋《へや》にはすでに、P《ピー》・P《ピー》・ジュニアとシャーリーの他《ほか》に、白瀬署《しらせしょ》の名垂警部《なだれけいぶ》と冬吹刑事《ふぶきけいじ》も到着《とうちゃく》していて、どうやらアリスが最後《さいご》のようだ。

「P様《ピーさま》から聞《き》きましたわ！　探偵《たんてい》ホームズとの勝負《しょうぶ》のために我《わ》が赤妃家《あかひけ》の秘宝《ひほう》を狙《ねら》うなんて、赤《あか》ずきん、許《ゆる》すまじですわね！」

リリカは鼻《はな》を鳴《な》らした。

「正直《しょうじき》、私《わたし》としては警察《けいさつ》も他《ほか》の探偵《たんてい》もいらないけどね」

シャーリーは自信《じしん》たっぷりの顔《かお》で髪《かみ》をかき上《あ》げ、宣言《せんげん》する。

「あんな三流怪盗《さんりゅうかいとう》、ネズミ捕《マウストラップ》りでも捕《つか》まえられるわよ」

「いや、甘《あま》くみない方《ほう》がいいよ」

と、首《くび》を横《よこ》に振《ふ》ったのは琉生《るい》だった。

「あなたは？」

シャーリーは琉生《るい》の方《ほう》に向《む》き直《なお》り、眉《まゆ》をひそめる。

「呼《よ》ばれもしないのにやってくる、探偵《たんてい》シュヴァリエですよ～」

P《ピー》・P《ピー》・ジュニアは琉生《るい》に向《む》かって、べ～ッと舌《した》を出《だ》した。

「探偵《たんてい》シュヴァリエ？　有名《ゆうめい》なルイ・ヒビキね。あなたの噂《うわさ》はイギリスにも届《とど》いているわ」

パッと表情《ひょうじょう》を輝《かがや》かせたシャーリーは、舌《した》ではなくて手《て》を差《さ》し出《だ》す。

「高名《こうめい》なミス・シャーリー・ホームズ。あなたが僕《ぼく》を知《し》っててくれたなんて、光栄《こうえい》だよ」

琉生《るい》はその手《て》を握《にぎ》り返《かえ》した。

「海賊《かいぞく》シルバーの逮捕《たいほ》や吸血鬼《きゅうけつき》事件《じけん》のことは、ロンドンでも報道《ほうどう》されたのよ」

シャーリーは珍《めずら》しく、興奮《こうふん》を隠《かく》せない様子《ようす》だ。

「あれは本当《ほんとう》はペンギン君《くん》たちのお手柄《てがら》なんだよ。僕《ぼく》は少《すこ》し手《て》を貸《か》しただけさ」

琉生《るい》は苦笑《くしょう》した。

「そのと〜り！　実《じつ》はこの私《わたし》が〜」

ふたりの間《あいだ》で、P《ピー》・P《ピー》・ジュニアがピョンピョン跳《は》ねながら訴《うった》える。

でも。

「そういう謙虚《けんきょ》さが、実《じつ》に日本人《にほんじん》らしいわ」

シャーリーはP《ピー》・P《ピー》・ジュニアを完璧《かんぺき》に無視《むし》した。

さらにそのすぐ横《よこ》では。

「な、何《なん》ですの！　響様《ひびきさま》に対《たい》する、あの探偵《たんてい》の馴《な》れ馴《な》れしい態度《たいど》！」

琉生《るい》とシャーリーを見《み》るリリカの目《め》が、つり上《あ》がっていた。

シャーリーはどうやら、リリカの恋《こい》のライバルに認定《にんてい》されたようだ。

「庶民《しょみん》アリス！　ただちにあの探偵《たんてい》を、ぎゃふんと言《い》わせておやりなさい！」

リリカはアリスに命《めい》じる。

「無理《むり》です」

アリスは即答《そくとう》した。

「で、ルイ・ヒビキ。どうしてあなたは赤《あか》ずきんを警戒《けいかい》しているのかしら？」

シャーリーは改《あらた》めて尋《たず》ねる。

「予告状《よこくじょう》によると、赤《あか》ずきんは怪盗黒《かいとうくろ》にゃんこと手《て》を組《く》んだらしい。黒《くろ》にゃんこは侮《あなど》れないよ。僕《ぼく》も一度《いちど》、出《だ》し抜《ぬ》かれたことがある」

「探偵《たんてい》シュヴァリエ、あなたほどの名探偵《めいたんてい》が？」

シャーリーの目《め》が丸《まる》くなる。

「ああ。黒《くろ》にゃんこは、日本《にほん》ではトップクラスの怪盗《かいとう》だと思《おも》う」

（アウウ……）

琉生《るい》の口《くち》から「黒《くろ》にゃんこ」という言葉《ことば》が出《で》る度《たび》に、アリスは頭《あたま》を抱《かか》えたくなる。

（できることなら、「にゃんこ」の部分《ぶぶん》だけでも訂正《ていせい》して欲《ほ》しいです）

と、アリスが切《せつ》に願《ねが》ったその時《とき》。

「黒《くろ》にゃんこなんて、恐《おそ》るるに足《た》りませんことよ！」

とうとう我慢《がまん》の限界《げんかい》がきたのか、リリカが強引《ごういん》に琉生《るい》とシャーリーの間《あいだ》に割《わ》って入《はい》った。

「これから青《あお》いカーバンクルが保管《ほかん》してある『ザ・秘宝《ひほう》ルーム・ナンバー13』に、みなさんをご案内《あんない》して差《さ》し上《あ》げますわ！　その完璧《かんぺき》な警備《けいび》システムを見《み》れば、響様《ひびきさま》も納得《なっとく》ですわよ！　ささ、私《わたし》と一緒《いっしょ》にこちらに～」

「あ、ちょっと赤妃《あかひ》さん？」

リリカはとまどう琉生《るい》の腕《うで》をギュッと取《と》ると、強引《ごういん》に引《ひ》っ張《ぱ》っていった。

「ご案内《あんない》いただけるなんて光栄《こうえい》ね」

シャーリーは琉生《るい》の右《みぎ》に回《まわ》り、リリカとは反対《はんたい》の腕《うで》を取《と》った。

「ひ、響様《ひびきさま》から離《はな》れなさい！」

甲高《かんだか》い声《こえ》を上《あ》げるリリカ。

「あら、どうして？」

シャーリーはわざと聞《き》き返《かえ》す。

「どっちもどっちですね」

「だな」

やれやれという顔《かお》をしているのはＰ《ピー》・Ｐ《ピー》・ジュニアと名垂警部《なだれけいぶ》だ。

アリスたちは仕方《しかた》なく、リリカたちのあとに続《つづ》いた。


「さあ、ひれ伏《ふ》すがいいですわ！　このエクセレントでゴ〜ジャスなワナ《トラップ》の数々《かずかず》に！」

『ザ・秘宝《ひほう》ルーム・ナンバー13』に到着《とうちゃく》すると、リリカは高笑《たかわら》いした。

「いちいちワナに引《ひ》っかかる必要《ひつよう》ってあったんですか〜？」

計太《けいた》が抗議《こうぎ》の声《こえ》を上《あ》げたが、アリスももっともだと思《おも》う。

ここまでの道《みち》に仕掛《しか》けられていたのは——。

落《お》とし穴《あな》に、飛《と》び出《だ》す回転《かいてん》ノコギリ。

ピラニアがいる水槽《すいそう》と、放《はな》し飼《が》いのライオン。

廊下《ろうか》を転《ころ》がる大岩《おおいわ》に、左右《さゆう》から人《ひと》をペシャンコにする動《うご》く壁《かべ》。

弓矢《ゆみや》と火炎放射《かえんほうしゃ》、おまけに電気《でんき》が流《なが》れる床《ゆか》。

用心深《ようじんぶか》い琉生《るい》とシャーリーをのぞくほぼ全員《ぜんいん》が、無数《むすう》の凶悪《きょうあく》なワナの餌食《えじき》となった。

この『ザ・秘宝《ひほう》ルーム・ナンバー13』に着《つ》いた頃《ころ》には、みんなボロボロになっていたのである。

もちろん、リリカ本人《ほんにん》も同様《どうよう》だ。

「俺《おれ》としては、赤《あか》ずきんよりあんたを逮捕《たいほ》したいね」

と、ボヤいたのは名垂警部《なだれけいぶ》。

「もう最悪《さいあく》！」

一番《いちばん》いいスーツをライオンに破《やぶ》かれた冬吹刑事《ふぶきけいじ》は、いつもよりさらに機嫌《きげん》が悪《わる》い。

「岩《いわ》が〜岩《いわ》が〜」

P《ピー》・P《ピー》・ジュニアに至《いた》っては、部屋《へや》の隅《すみ》っこの壁《かべ》に向《む》かってプルプルと震《ふる》えていた。

「ま、まあ、これだけのワナに加《くわ》えて、総勢《そうぜい》100名《めい》の警官隊《けいかんたい》が屋敷《やしき》を固《かた》めているのです！　赤《あか》ずきんだろうが黒《くろ》にゃんこだろうが、青《あお》いカーバンクルには近《ちか》づくことさえ不可《ふか》能《のう》ということですわ！」

ごまかそうとするリリカの冷《ひ》や汗《あせ》を、赤妃家《あかひけ》で長年執事《ながねんしつじ》を務《つと》めている神崎《かんざき》が澄《す》ました顔《かお》でぬぐう。

「とにかく、ごらんあれ！　これこそが赤妃家《あかひけ》の至宝《しほう》！　青《あお》いカーバンクルですわ！」

リリカがパチンと指《ゆび》を鳴《な》らすと、スポットライトが部屋《へや》の中央《ちゅうおう》のガラス・ケースを照《て》らし出《だ》した。

中《なか》に飾《かざ》られているのは、間違《まちが》いなく世界最大級《せかいさいだいきゅう》の青《あお》いダイヤモンドである。

「……いくつも国宝級《こくほうきゅう》の宝石《ほうせき》は見《み》てきたけれど、これは別格《べっかく》ね」

ため息《いき》をついて、シャーリーは認《みと》めた。

「黒《くろ》にゃんこが狙《ねら》うのも納得《なっとく》だよ」

琉生《るい》が頷《うなず》く。

「これもブログに」

と、写真《しゃしん》を撮《と》り始《はじ》めたのは、もちろん計太《けいた》。

「ほ、欲《ほ》しい」

警官《けいかん》にあるまじき血走《ちばし》った目《め》で見《み》つめているのは、冬吹刑事《ふぶきけいじ》である。

「うにゅ、ガラスは当然《とうぜん》、防弾《ぼうだん》ガラスですね」

ケースを左右《さゆう》から観察《かんさつ》して、P《ピー》・P《ピー》・ジュニアが言《い》った。

「当《とう》〜然《ぜん》ですわ！　たとえミサイルを撃《う》ち込《こ》まれても、この超強化《ちょうきょうか》ガラスでできたケースは壊《こわ》れませんのよ」

リリカは胸《むね》を張《は》っていばったが、もし本当《ほんとう》にミサイルを撃《う》ち込《こ》まれたら、赤妃家《あかひけ》の屋敷《やしき》自体《じたい》が崩《くず》れることは間違《まちが》いない。

「警報装置《けいほうそうち》はあるので？」

アリスがそう尋《たず》ねながら、ケースに手《て》を伸《の》ばしたその時《とき》。

「おやめなさい！」

リリカが鋭《するど》い声《こえ》でアリスを止《と》めた。

「ケースのまわりには、近《ちか》づく者《もの》を真《ま》っ黒《くろ》コゲに焼《や》き尽《つ》くす、超々強力《ちょうちょうきょうりょく》レーザーが配置《はいち》されてますのよ！」

リリカは順《じゅん》に部屋《へや》の四隅《よすみ》を指《ゆび》さしていく。

そこには、やたら大《おお》きな銃《じゅう》のような装置《そうち》があって、その銃口《じゅうこう》がガラス・ケースに向《む》けられている。

「最新式《さいしんしき》のレーザー照射装置《しょうしゃそうち》！　さすがですね！」

計太《けいた》が目《め》を輝《かがや》かせて、レーザー照射装置《しょうしゃそうち》を写真《しゃしん》に収《おさ》めてゆく。

「計太《けいた》、惜《お》しみなくこのリリカをほめたたえるがいいですわ！　このレーザーから逃《のが》れることなど、1万《まん》パーセント不可能《ふかのう》！　何故《なぜ》かと言《い》えば、解除《かいじょ》できるのはこのキーだけなのです！」

リリカはペンダントにして首《くび》から下《さ》げている黄金《おうごん》の鍵《かぎ》をアリスたちに見《み》せると、目元《めもと》にハンカチを当《あ》てた。

「庶民《しょみん》アリス、あなたも気《き》をつけるがいいですわ！　以前《いぜん》、不用意《ふようい》にガラス・ケースに触《ふ》れようとしたお祖父《じい》さまは……」

「まさか？」

計太《けいた》が息《いき》を飲《の》む。

「生《い》きてますわよ！　……全治《ぜんち》9か月《げつ》の重傷《じゅうしょう》でしたけど」

「ところで――」

シャーリーは琉生《るい》を振《ふ》り返《かえ》って聞《き》いた。

「アリス・リドルは来《き》ていないの？　私《わたし》のライバルに、日本《にほん》に来《き》てからまだ一度《いちど》も会《あ》っていないんだけど？」

「そ、そうですよ！　僕《ぼく》はアリス・リドルちゃんを呼《よ》ぶことを提案《ていあん》します！　P《ピー》・P《ピー》・ジュニアさんに探偵《たんてい》シュヴァリエ、シャーリーさん、ここにアリス・リドルちゃんが加《くわ》わってこそ、夢《ゆめ》の国際名探偵連合《こくさいめいたんていれんごう》じゃないですか⁉」

「アリス・リドルちゃんの部屋《へや》」という恥《は》ずかしい名前《なまえ》のサイトを運営《うんえい》している計太《けいた》が、グッとこぶしを握《にぎ》りしめて熱《あつ》く主張《しゅちょう》する。

「国際名探偵連合《こくさいめいたんていれんごう》ね。それ、気《き》に入《い》ったわ」

髪《かみ》をかき上《あ》げたシャーリーが、口元《くちもと》に笑《え》みを浮《う》かべた。

「では、アリス・リドルに連絡《れんらく》してみます」

アリスは琉生《るい》たちにそう告《つ》げると、『ザ・秘宝《ひほう》ルーム・ナンバー13』から外《そと》に出《で》る。

そして、廊下《ろうか》を曲《ま》がり、みんなに見《み》えないところまで来《く》ると、学校《がっこう》のカバンの中《なか》から小《ちい》さな手鏡《てかがみ》を取《と》り出《だ》した。

「鏡《ミラー》よ、鏡《ミラー》」

アリスはつぶやくようにそう唱《とな》えると、指先《ゆびさき》をそっと鏡《かがみ》の表面《ひょうめん》に当《あ》てた。

次《つぎ》の瞬間《しゅんかん》。

アリスの体《からだ》は、暗《くら》い闇《やみ》の中《なか》にフワフワと浮《う》いていた。

遠《とお》くで星《ほし》のようにきらめいて見《み》えるのは、外《そと》の世界《せかい》とつながっている無数《むすう》の鏡《かがみ》。

アリスのまわりには、書《か》き物机《ものづくえ》や丸《まる》テーブル、ソファーや本棚《ほんだな》などが漂《ただよ》っている。

ここは鏡《かがみ》の向《む》こうにある別世界《べっせかい》、鏡《かがみ》の国《くに》なのだ。

そして、アリスが頭《あたま》に手《て》をやって、髪《かみ》を留《と》めている地味《じみ》なリボンを解《ほど》くと——。

「アリス・リドル登場《エンター・アリス・リドル》」

氷山中学《ひょうざんちゅうがく》の制服《せいふく》がトランプ柄《がら》があしらわれた空色《そらいろ》のワンピースへと変化《へんか》した。

今《いま》のアリスは、夕星《ゆうずつ》アリスではない。

名探偵《めいたんてい》アリス・リドルである。

「さてと」

アリス・リドルは丸《まる》テーブルの上《うえ》に座《すわ》り、脚《あし》をブラブラさせる。

鏡《かがみ》の国《くに》は、外《そと》の世界《せかい》と比《くら》べて時間《じかん》の流《なが》れがずっと遅《おそ》い。

こちらに2、3日《にち》こもって考《かんが》え事《ごと》をしていても、外《そと》の世界《せかい》ではほんの一瞬《いっしゅん》のこと。

考《かんが》えるのが他《ほか》の人《ひと》より遅《おそ》いアリスでも、ここなら時間《じかん》を気《き》にせずにじっくり推理《すいり》ができるのだ。

とはいえ。

「なすべきか《トゥ・ビー》、なさざるべきか《オア・ノット・トゥ・ビー》？」

今《いま》のアリスは、かなり真剣《しんけん》に悩《なや》んでいた。

怪盗黒《かいとうくろ》にゃんこととしては、赤《あか》ずきんを助《たす》けて青《あお》いカーバンクルを盗《ぬす》まなくてはいけない。

名探偵《めいたんてい》アリス・リドルとしては、青《あお》いカーバンクルを守《まも》らなくてはいけない。

夕星《ゆうずつ》アリスとしては――。

「頭《あたま》が頭痛《ずつう》です」

もう、どうしていいのやら。

ただ。

探偵側《たんていがわ》には、シャーリーの他《ほか》に琉生《るい》とP《ピー》・P《ピー》・ジュニア、それに警察《けいさつ》の名垂警部《なだれけいぶ》と冬吹《ふぶき》刑事《けいじ》がいる。

怪盗側《かいとうがわ》は、赤《あか》ずきんとオオカミだけ。

圧倒的《あっとうてき》に赤《あか》ずきんたちが不利《ふり》なことは間違《まちが》いない。

赤《あか》ずきんが捕《つか》まる可能性《かのうせい》は高《たか》いが、さすがにそれはかわいそうだ。

「……やれやれですね」

自分《じぶん》にちょっとあきれながらも、心《こころ》は決《き》まった。

アリスは目《め》を閉《と》じて、心《こころ》を落《お》ち着《つ》かせる。

青《あお》いカーバンクルを手《て》に入《い》れる計画《けいかく》を立《た》てるのだ。


「やっと現《あらわ》れたわね、アリス・リドル」

アリス・リドルとなったアリスを見《み》ると、シャーリーは口元《くちもと》に笑《え》みを浮《う》かべた。

「計画《けいかく》はあるの？」

アリスはみんなを見《み》て尋《たず》ねる。

「ええっとですね。赤《あか》ずきんと黒《くろ》にゃんこは二手《ふたて》に分《わ》かれ、どちらかがオトリになって僕《ぼく》らを引《ひ》きつけ、その間《あいだ》にもうひとりが青《あお》いカーバンクルを狙《ねら》うはずです」

タブレット端末《たんまつ》に赤妃邸《あかひてい》の見取《みと》り図《ず》を映《うつ》し出《だ》しながら、計太《けいた》が説明《せつめい》した。

「だから、オトリは無視《むし》して、僕《ぼく》らはここで待《ま》ち伏《ぶ》せする」

琉生《るい》が見取《みと》り図《ず》を指《ゆび》さし、今《いま》いる場所《ばしょ》、『ザ・秘宝《ひほう》ルーム・ナンバー13』の場所《ばしょ》を示《しめ》す。

「さらに！」

P《ピー》・P《ピー》・ジュニアが背中《せなか》のアザラシ形《がた》リュックから大量《たいりょう》の駄菓子《だがし》を取《と》り出《だ》した。

「これをワナの近《ちか》くに仕掛《しか》けます！　そうすれば、赤《あか》ずきんが引《ひ》っかかること間違《まちが》いなし！」

ずいぶん見《み》くびられているというか、もう動物扱《どうぶつあつか》いである。

「この勝負《しょうぶ》、私《わたし》たちの勝《か》ちね」

シャーリーは誇《ほこ》らしげにそう宣言《せんげん》した。

「そろそろです」

交代《こうたい》で青《あお》いカーバンクルの見張《みは》りを続《つづ》けているうちに、『ザ・秘宝《ひほう》ルーム・ナンバー13』に置《お》いてある柱時計《はしらどけい》の短針《たんしん》が、12のところに近《ちか》づいた。

何度《なんど》かウトウトしかけたアリスだったが、柱時計《はしらどけい》が0時《じ》を告《つ》げる10分前《ぷんまえ》に、何《なん》とかみんなの目《め》を盗《ぬす》んで『ザ・秘宝《ひほう》ルーム・ナンバー13』をあとにした。

そして——。

「ワンダー・チェンジ！」

怪盗黒《かいとうくろ》にゃんこに変身《へんしん》すると、約束通《やくそくどお》り赤《あか》ずきんに合流《ごうりゅう》した。

「ありがと、黒《くろ》にゃんこ！」

「感謝《かんしゃ》するぜ」

赤《あか》ずきんとオオカミは、ホッとした顔《かお》を見《み》せる。

圧倒的《あっとうてき》に不利《ふり》に見《み》える怪盗《かいとう》チームだが、有利《ゆうり》な点《てん》がふたつだけあった。

まずは、リリカがご丁寧《ていねい》にもワナの場所《ばしょ》と、どうすればワナが作動《さどう》するかを、すべて教《おし》えてくれたことである。

「じゃあ、行《い》くわよ」

赤《あか》ずきんは屋敷《やしき》に侵入《しんにゅう》すると天井裏《てんじょううら》から『ザ・秘宝《ひほう》ルーム・ナンバー13』に近《ちか》づこうとした。

「待《ま》って」

アリスは赤《あか》ずきんの腕《うで》をつかんでそれを止《と》める。

「天井裏《てんじょううら》には毒《どく》ガスが流《なが》れています」

アリスはそう説明《せつめい》すると、ガスを流《なが》している仕組《しく》みを解除《かいじょ》した。

どこに何《なに》があり、どんなきっかけで作動《さどう》するかが分《わ》かっているのだから、危険《きけん》なワナも怖《こわ》くはない。ワナをひとつひとつ解除《かいじょ》したり、避《よ》けたりしながら、怪盗《かいとう》チームは『ザ・秘《ひ》宝《ほう》ルーム・ナンバー13』に近《ちか》づいていく。

「仲間《なかま》にしてよかったぜ〜」

アリスが電源《でんげん》を切《き》って回転《かいてん》ノコギリを止《と》めるのを見《み》て、オオカミは冷《ひ》や汗《あせ》を前足《まえあし》でぬぐった。

そして、『ザ・秘宝《ひほう》ルーム・ナンバー13』まであと少《すこ》しの場所《ばしょ》まで来《く》ると、アリスはスマートフォンを出《だ》して、帽子屋《ぼうしや》の「七《なな》つ道具《どうぐ》」のアプリを開《ひら》く。

帽子屋《ぼうしや》は、鏡《かがみ》の国《くに》のアイテム・ショップの店長《てんちょう》。

「七《なな》つ道具《どうぐ》」はその帽子屋《ぼうしや》がくれた、便利《べんり》な探偵《たんてい》アイテムだ。

「それを貸《か》してください」

「ん？　いいけど」

アリスは赤《あか》ずきんのトレードマークであるずきんを借《か》りてそれをかぶると、「七《なな》つ道《どう》具《ぐ》」のうちのスペードのアイコンに触《ふ》れる。

すると。

「ハイパー・ミラージュ」

という声《こえ》とともに。

赤《あか》ずきんに変装《へんそう》した、100人《にん》の怪盗黒《かいとうくろ》にゃんこが現《あらわ》れた。

ハイパー・ミラージュはアリスの幻《まぼろし》を大量《たいりょう》に生《う》み出《だ》すアイテムなのだ。

「行動開始《こうどうかいし》です」

100人《にん》のにせ赤《あか》ずきんは、それぞれ屋敷《やしき》のあちこちに散《ち》っていく。

怪盗《かいとう》チームが有利《ゆうり》な点《てん》、その2。

それは、探偵側《たんていがわ》が怪盗《かいとう》はふたり（＋《プラス》オオカミ）だと思《おも》っていることだった。

何分《なんぷん》かすると。

「こちら正門前《せいもんまえ》！　怪盗赤《かいとうあか》ずきん発見《はっけん》！」

「キッチンに赤《あか》ずきんが現《あらわ》れました！」

「プールに赤《あか》ずきん！」

「中庭《なかにわ》に赤《あか》ずきん！　しかもふたり！」

警官隊《けいかんたい》からの目撃報告《もくげきほうこく》が無線《むせん》で飛《と》び交《か》い始《はじ》めた。

「へへへ、引《ひ》っかかってやがる」

ヘッドフォンで無線《むせん》を盗聴《とうちょう》していたオオカミが、牙《きば》を見《み》せて笑《わら》う。

「こっからが見《み》せ場《ば》よ！」

赤《あか》ずきんは黒《くろ》にゃんこのマスクを借《か》りてかぶると『ザ・秘宝《ひほう》ルーム・ナンバー13』の扉《とびら》をバンッと開《ひら》いた。

「お間抜《まぬ》けな探偵《たんてい》さんたち！　美少女怪盗《びしょうじょかいとう》『黒《くろ》にゃんこ』のお出《で》まし～」

赤《あか》ずきんはP《ピー》・P《ピー》・ジュニアや探偵《たんてい》シュヴァリエに向《む》かってウインクすると、背《せ》を向《む》けて走《はし》り出《だ》す。

「ピキ〜ッ！　からかってるんですか！」

「逮捕《たいほ》するわよ、黒《くろ》にゃんこ！」

Ｐ《ピー》・Ｐ《ピー》・ジュニアと冬吹刑事《ふぶきけいじ》を先頭《せんとう》に、待《ま》ち伏《ぶ》せしていた探偵《たんてい》たちは、黒《くろ》にゃんこ（赤《あか》ずきん）を追《お》いかけ始《はじ》める。

そして、みんなが廊下《ろうか》の向《む》こうに消《き》えると。

（これで残《のこ》っているのは赤妃《あかひ》さんだけのはず）

扉《とびら》の陰《かげ》に隠《かく》れ、出《で》ていった人数《にんずう》を慎重《しんちょう》に数《かぞ》えていたアリスは、『ザ・秘宝《ひほう》ルーム・ナンバー13』に足《あし》を踏《ふ》み入《い》れた。

「あ、あなたは！」

リリカは、にせ赤《あか》ずきんになっているアリスを見《み》て目《め》を丸《まる》くする。

「ごめんなさい」

アリスはリリカに近《ちか》づくと、その顔《かお》に赤《あか》ずきんから借《か》りた催眠《さいみん》スプレーのガスをかけた。

そして、眠《ねむ》り込《こ》んだリリカの首《くび》から黄金《おうごん》の鍵《かぎ》を取《と》って、ガラス・ケースのそばにある、解除装置《かいじょそうち》に鍵《かぎ》を差《さ》し込《こ》み、カチッと回《まわ》してレーザー照射装置《しょうしゃそうち》を解除《かいじょ》する。

（これで大丈夫《だいじょうぶ》――のはず）

アリスはそっと、青《あお》いカーバンクルのガラス・ケースに触《ふ》れた。

レーザー照射装置《しょうしゃそうち》の反応《はんのう》はない。

アリスはケースを持《も》ち上《あ》げて、中《なか》の青《あお》いカーバンクルをつかんだ。

怪《あや》しいきらめきを放《はな》つカーバンクルを、ポケットに忍《しの》ばせれば、あとは脱出《だっしゅつ》するだけ。

ホッとして扉《とびら》の方《ほう》に向《む》かおうとしたその時《とき》。

「！」

アリスはそこに琉《る》生《い》とシャーリーが立《た》ちふさがっていることに気《き》がついた。

「オトリにはオトリよ。赤《あか》ずきん、じゃなかった、黒《くろ》にゃんこさん」

腰《こし》にサーベルと呼《よ》ばれる細身《ほそみ》の剣《けん》を提《さ》げ、腕組《うでぐ》みをしたシャーリーは不敵《ふてき》に笑《わら》っていた。

「あなたたちはみんなと一緒《いっしょ》にここを出《で》たはず――」

そう言《い》いかけたアリスはハッと気《き》がつく。

「その通《とお》り」

琉生《るい》が頷《うなず》いた。

「みんなの中《なか》に紛《まぎ》れていたのは僕《ぼく》らのニセモノ。背格好《せかっこう》が似《に》ている警官《けいかん》に、化《ば》けてもらったんだよ」

「…………」

普段《ふだん》のアリスなら、見間違《みまちが》えるはずはない。

だが、ここまで順調《じゅんちょう》に計画《けいかく》が進《すす》んでいたので、あり得《え》ない油断《ゆだん》をしてしまったのだ。

「ちなみに、この作戦《さくせん》はＰ《ピー》・Ｐ《ピー》・ジュニアのアイデアよ。彼《かれ》、思《おも》っていたよりやるわね」

シャーリーはサーベルを抜《ぬ》くと一礼《いちれい》して構《かま》える。

「2対《たい》1というのは気《き》が引《ひ》けるけど」

琉生《るい》も右手《みぎて》にお得意《とくい》のタロット・カードを広《ひろ》げた。

ふたりの間《あいだ》をすり抜《ぬ》け、廊下《ろうか》に出《で》るのは難《むずか》しい。

アリスはジリッと後《あと》ずさった。

と、その瞬間《しゅんかん》。

「シャーロックはボクシングとフェンシング、それに日本《にほん》の柔術《じゅうじゅつ》の達人《たつじん》だったと言《い》われて

いるわ！」

シャーリーがいきなり、攻撃《こうげき》を仕掛《しか》けてきた。

「私《わたし》もフェンシングなら、ヨーロッパ選手権《せんしゅけん》に出《で》られるくらいの腕《うで》はあるのよ！」

鋭《するど》いひと振《ふ》りが、黒《くろ》にゃんこのマスクをかすめた。

アリスは大《おお》きく右《みぎ》にジャンプしてシャーリーから離《はな》れようとしたが、シャーリーは攻撃《こうげき》の手《て》をゆるめはしない。

さらに。

「『正義《ジャスティス》』のカード！」

琉生《るい》が投《な》げたカードが、アリスに襲《おそ》いかかる。

黒《くろ》にゃんこスタイルになることで、アリスの運動神経《うんどうしんけい》もよくなっているのだが、ふたりの動《うご》きもそれに負《ま》けない素早《すばや》さだ。

「こんなものなの、黒《くろ》にゃんこ！」

と、笑《わら》うシャーリー。

アリスはサーベルの切《き》っ先《さき》とカードをかわすだけで精《せい》いっぱい。だんだん疲《つか》れて、動《うご》きに鋭《するど》さがなくなってくる。

「もうあきらめるんだ、黒《くろ》にゃんこ！」

その上《うえ》、琉生《るい》が「黒《くろ》にゃんこ」と口《くち》にする度《たび》に、心《こころ》も沈《しず》んでゆく。

「無理《むり》です」

アリスはタロット・カードを蹴《け》り返《かえ》し、肩《かた》で大《おお》きく息《いき》をしながらそう返《かえ》した。

捕《つか》まれば、黒《くろ》にゃんこが夕星《ゆうずつ》アリスであることが分《わ》かってしまう。

転校《てんこう》してきてからずっと自分《じぶん》に優《やさ》しくしてくれた琉生《るい》を、悲《かな》しませることになるのだ。

「チェックメイト！」

アリスを部屋《へや》の隅《すみ》に追《お》いつめたシャーリーは、ニヤリと笑《わら》った。

(今回《こんかい》は負《ま》けです)

アリスはそう認《みと》めると、背中《せなか》からガラス窓《まど》に突《つ》っ込《こ》んだ。

ここは最上階《さいじょうかい》。黒《くろ》にゃんこになって運動神経《うんどうしんけい》がよくなっているとはいえ、地上《ちじょう》まで落《お》ちれば無事《ぶじ》では済《す》まない。

だが。

「……鏡《ミラー》よ、鏡《ミラー》」

アリスは空中《くうちゅう》で鏡《かがみ》を取《と》り出《だ》し、その表面《ひょうめん》に触《ふ》れた。

「黒《くろ》にゃんこはどこ!?」

シャーリーは窓《まど》から身《み》を乗《の》り出《だ》して、落《お》ちていったはずの黒《くろ》にゃんこの姿《すがた》を捜《さが》した。

「分《わ》からない」

琉生《るい》の目《め》には、黒《くろ》にゃんこが空中《くうちゅう》で消《き》えたようにしか見《み》えなかった。

このあり得《え》ない事態《じたい》に、ふたりが立《た》ち尽《つ》くしているところに。

「黒《くろ》にゃんこを逃《に》がしてしまいました」

と、言《い》いながらアリス・リドルが登場《とうじょう》した。

「でも、これは無事《ぶじ》です」

アリスは青《あお》いカーバンクルをふたりに見《み》せる。

本当《ほんとう》はこのまま持《も》って逃《に》げてもよかったのだが、赤《あか》ずきんも逃《に》げ切《き》ったみたいなので、とりあえず返《かえ》しておこうと思《おも》ったのだ。

「取《と》り返《かえ》したの⁉」

シャーリーは信《しん》じられないというように目《め》を丸《まる》くした。

「今回《こんかい》は黒《くろ》にゃんこはあきらめよう。外《そと》には警官隊《けいかんたい》もいるけど、まず捕《つか》まらないだろうしね」

琉生《るい》は少《すこ》し残念《ざんねん》そうである。

「ルイ・ヒビキ、確《たし》かにあなたの言《い》う通《とお》り。黒《くろ》にゃんこは赤《あか》ずきんなんかより、ずっと抜《ぬ》け目《め》ない相手《あいて》だったわ」

シャーリーはアリスから青《あお》いカーバンクルを受《う》け取《と》って、ガラス・ケースに戻《もど》した。

「そ、そう？」

ほめられたようだが、ここは喜《よろこ》ぶべきかどうか、迷《まよ》うところだ。

「怪盗黒《かいとうくろ》にゃんこ」

シャーリーは窓《まど》の向《む》こうの星空《ほしぞら》に目《め》をやった。

「でもいつか、捕《つか》まえてみせる！　あの赤《あか》ずきんと一緒《いっしょ》にね！」

そして朝《あさ》。

「寝坊《ねぼう》よ、アリス。これを見《み》なさい」

目《め》をこすりながら下《お》りてきたアリスに、やたらとうれしそうなシャーリーが朝刊《ちょうかん》を押《お》しつけた。

その第一面《だいいちめん》には、シャーリーのアップの写真《しゃしん》の横《よこ》に。


来日中《らいにちちゅう》の名探偵《めいたんてい》、怪盗《かいとう》を追《お》いつめる！


と見出《みだ》しがつけられていた。

「ほら、ちゃんと中《なか》を読《よ》んで」

シャーリーは促《うなが》す。

白瀬市《しらせし》に滞在中《たいざいちゅう》のロンドンの名探偵《めいたんてい》、シャーリー・ホームズさんが、昨夜《さくや》、赤妃邸《あかひてい》から秘宝《ひほう》を盗《ぬす》み出《だ》そうとした怪盗黒《かいとうくろ》にゃんこを阻《はば》むことに見事成功《みごとせいこう》した。秘宝《ひほう》の青《あお》いカーバンクルを守《まも》り抜《ぬ》いたシャーリーさんには、白瀬市《しらせし》から市民栄誉賞《しみんえいよしょう》が贈《おく》られることが決定《けってい》した。

「どう感想《かんそう》は？」

シャーリーはアリスの顔《かお》をのぞき込《こ》む。

「……ねもい」

アリスは小《ちい》さなあくびをひとつした。

一方《いっぽう》。

「ない！　あたしの名前《なまえ》が1行《ぎょう》も、1文字《もじ》もない！」

同《おな》じ記事《きじ》を見《み》た赤《あか》ずきんは、通学路《つうがくろ》の途中《とちゅう》で地団太《じだんだ》を踏《ふ》んでいた。

「そりゃ、青《あお》いカーバンクルは手《て》に入《はい》らなかったけどさ！　あたし、頑張《がんば》ったじゃん!?　ちょっとぐらいほめてくれても良《よ》さそうじゃない!?　あたし、ほめられて伸《の》びる子《こ》なのに！」

「捕《つか》まんなかっただけでも儲《もう》けもんだろうが？」

と、こちらは記事《きじ》など気《き》にしていないオオカミ。

「……次《つぎ》よ」

新聞《しんぶん》をクシャクシャに丸《まる》め、ゴミ箱《ばこ》に放《ほう》り込《こ》んだ赤《あか》ずきんは宣言《せんげん》する。

「次《つぎ》の予告状《よこくじょう》を出《だ》す！　今度《こんど》のターゲットは、パリのルーヴル美術館《びじゅつかん》にある『モナ・リザ』よ！」

「パリに行《い》く金《かね》がねえだろが？　ていうか遅刻《ちこく》すっぞ」

今日《きょう》も放課後《ほうかご》にはバイトが待《ま》っている。

オオカミは学校《がっこう》に赤《あか》ずきんを引《ひ》きずっていきながら、ヤレヤレというようにしっぽを丸《まる》めるのであった。

ファイル・ナンバー 1

消《き》えた騎士《ないと》

アリスは普通《ふつう》の中学生《ちゅうがくせい》より、少《すこ》し——いや、だいぶ——考《かんが》えるのが遅《おそ》く、行動《こうどう》するのはもっと遅《おそ》い。

ひとつの宿題《しゅくだい》をやり終《お》わるのに3日《か》かかり、お昼《ひる》のお弁当《べんとう》を半分《はんぶん》も食《た》べないうちに昼休《ひるやす》みが終《お》わり、テストはいつも時間切《じかんぎ》れ。

そんなアリスではあるが、クラスではいくつかの委員会《いいんかい》の仕事《しごと》を任《まか》されて——というか、押《お》しつけられて——いる。図書委員《としょいいん》もそのひとつだ。

とはいえ、委員《いいん》としてはあまり役《やく》に立《た》ってはいない。

今日《きょう》も、返却《へんきゃく》された本《ほん》を書架《しょか》に戻《もど》す仕事《しごと》を任《まか》されたのだが。

（はて？　これは……どこに？）

アリスはもう1時間半近《じかんはんちか》く、魔女《まじょ》が表紙《ひょうし》になっているファンタジー小説《しょうせつ》を手《て》にウロウロしていた。

ふと気《き》がつくと、下校時間《げこうじかん》のチャイムが鳴《な》っている。

アリスが持《も》っている1冊《さつ》をのぞき、残《のこ》りはみんな、他《ほか》の委員《いいん》たちが片《かた》づけてしまっていたようである。

(今日《きょう》もテキパキできずに……やや落《お》ち込《こ》む)

と、ため息交《いきま》じりで帰《かえ》り支度《じたく》をしていると。

「夕星《ゆうずつ》さん」

B組《ビーぐみ》の図書委員《としょいいん》、椎葉塔子《しいばとうこ》が声《こえ》をかけてきた。

盲導犬《もうどうけん》を連《つ》れて、白《しろ》い杖《つえ》を突《つ》いていることから分《わ》かるが、塔子《とうこ》は目《め》が不自由《ふじゆう》だ。

「はい?」

アリスは答《こた》えてから塔子《とうこ》の肩《かた》に触《ふ》れる。

「あのね、相談《そうだん》があるんだけど――」

塔子《とうこ》はアリスの方《ほう》に顔《かお》を向《む》け、眉《まゆ》をひそめて続《つづ》けた。

「今日《きょう》、探偵社《たんていしゃ》に寄《よ》って構《かま》わないかな？」

「依頼《いらい》なら大歓迎《だいかんげい》です」

アリスは答《こた》え、塔子《とうこ》の左手《ひだりて》を自分《じぶん》の腕《うで》に持《も》っていった。


という訳《わけ》で。


「ししょ〜、ただいまです」

アリスは塔子《とうこ》を連《つ》れて、ペンギン探偵社《たんていしゃ》に帰《かえ》ったのだけれど。

「ピキ〜ッ！　私《わたし》はあなたの執事《しつじ》じゃありませんよ〜！」

探偵社《たんていしゃ》の応接室《おうせつしつ》では、P《ピー》・P《ピー》・ジュニアがシャーリーにこき使《つか》われていた。

「そうね。うちの執事《しつじ》のハンブリーの半分《はんぶん》も、役《やく》に立《た》たないわ」

シャーリーは澄《す》ました顔《かお》で紅茶《こうちゃ》のカップを唇《くちびる》に運《はこ》びながら、ティー・ポットの横《よこ》の皿《さら》に並《なら》べられたショートケーキを指《ゆび》さす。

「それとこのお菓子《かし》、おいしくない。ベルギーか、フランスのショコラ（チョコ）を用意《ようい》して」

「そんな予算《よさん》は、日本支部《にほんしぶ》にはございませ～ん！」

P《ピー》・P《ピー》・ジュニアは両《りょう》ヒレをパタパタと振《ふ》ると、嫌《いや》みっぽく付《つ》け加《くわ》えた。

「そもそも、あなたに味《あじ》なんか分《わ》からないでしょう？　世界一料理《せかいいちりょうり》がまずいって言《い》われる、イギリスから来《き》たくせに～」

「あら、英国料理《えいこくりょうり》は薄味《うすあじ》なだけで、まずいっていうのは嘘《うそ》よ。たとえばフィッシュ&《アンド》チップスだけど、あれはテーブルで塩《しお》や酢《す》を使《つか》って、自分《じぶん》の好《この》みの味《あじ》に調節《ちょうせつ》するものなの」

シャーリーはふふんと笑《わら》う。

「日本人《にほんじん》だって、テーブルでトンカツにソースをかけたり、寿司《すし》に醤油《しょうゆ》をつけたりするでしょう？　それと同《おな》じよ。その程度《ていど》のことも知《し》らずに、まずいと決《き》めつけるのは無知《むち》もいいところね」

「うぐぐぐ～っ！　あ～言《い》えばこ～言《い》う！　あなた、ほんっつっつと性格悪《せいかくわる》いですよ！」

「性格《せいかく》で悪人《あくにん》を捕《つか》まえられるなら、いくらでも可愛《かわい》くしてあげるけど？」

「無理《むり》です。不可能《ふかのう》です。たとえ脳《のう》を手術《しゅじゅつ》したって、その性格《せいかく》はど～にもなりませんよ」

P《ピー》・P《ピー》・ジュニアはアッカンベ～をした。

「な、何《なん》ですって〜！」

これにはシャーリーも眉《まゆ》をつり上《あ》げる。

1羽《わ》とひとりはにらみ合《あ》い、アリスが割《わ》り込《こ》めそうな雰囲気《ふんいき》ではない。

(依頼人《いらいにん》の方《かた》が来《き》てるというのに、頭《あたま》が痛《いた》いです)

アリスは眉《まゆ》をひそめて、こめかみに指《ゆび》を当《あ》てる。

「……あの」

P《ピー》・P《ピー》・ジュニアたちに声《こえ》をかけたのは、塔子《とうこ》だった。

「捜査《そうさ》をお願《ねが》いしたいんですけど？」

「おにょ、塔子《とうこ》さん？」

P《ピー》・P《ピー》・ジュニアはようやく、塔子《とうこ》が来《き》ていることに気《き》がついた。

「依頼人《クライアント》？」

シャーリーは探《さぐ》るような目《め》を塔子《とうこ》に投《な》げかける。

「ええ、人《ひと》を捜《さが》して欲《ほ》しいの」

塔子《とうこ》は頷《うなず》いてから、シャーリーの声《こえ》がした方《ほう》に顔《かお》を向《む》けて尋《たず》ねた。

「ところで、あなたは？」

「私《わたし》はペンギン探偵社《たんていしゃ》ロンドン支部《しぶ》から来《き》た、シャーリー・ホームズ。かのホームズ家《け》の名探偵《めいたんてい》よ」

シャーリーは胸《むね》を張《は》って名乗《なの》る。

「私は椎葉塔子。《アイム・トーコ・シーバ。》夕星さんの友人です。《ア・フレンド・オブ・ミス・ユウズツ。》シャーリーさん、よろしくね《ナイス・トゥ・ミーチュウ、シャーリー》」

塔子《とうこ》はシャーリーに手《て》を差《さ》し出《だ》した。

「あなたの友《とも》だちにしては賢《かしこ》そうね」

シャーリーはアリスにそう言《い》ってから、塔子《とうこ》の手《て》を握《にぎ》り返《かえ》す。

「返《かえ》す言葉《ことば》もありません」

と、アリス。

成績《せいせき》に関《かん》しては、シャーリーの推理《すいり》？通《どお》り。

塔子《とうこ》が毎回《まいかい》、テストで琉生《るい》と学年《がくねん》トップを争《あらそ》っているのに対《たい》して、アリスはリリカと仲《なか》良《よ》く超低空飛行《ちょうていくうひこう》である。

——たまにだが、揃《そろ》って墜落《ついらく》もする。

「で、どんな事件《じけん》です？　調査費用《ちょうさひよう》は1日《にち》あたり――」

と、P《ピー》・P《ピー》・ジュニアが計算《けいさん》し始《はじ》めるのを、シャーリーが止《と》める。

「あなた、アリスの友《とも》だちからお金《かね》を取《と》る気《き》？」

「ぐにゅにゅ～、他《ほか》ならぬ塔子《とうこ》さんですから、お友《とも》だち特別割引《とくべつわりびき》ということで？」

P《ピー》・P《ピー》・ジュニアは揉《も》み手《で》――揉《も》みヒレ？――しながら、シャーリーの顔色《かおいろ》をうかがった。

「ちょうど退屈《たいくつ》していたところだし。私《わたし》を楽《たの》しませてくれるような難事件《なんじけん》、怪事件《かいじけん》ならタダでもいいくらい」

シャーリーは髪《かみ》をかき上《あ》げると、塔子《とうこ》の方《ほう》に身《み》を乗《の》り出《だ》す。

「さあ、聞《き》かせて」

「実《じつ》は――」

塔子《とうこ》はアリスに案内《あんない》されてソファーに座《すわ》ると、少《すこ》しためらってから話《はなし》を始《はじ》めた。

「数日前《すうじつまえ》から、連絡《れんらく》もなしに学校《がっこう》を休《やす》んでいるクラスメートがいるの」

「連絡《れんらく》なしに数日休《すうじつやす》んだ？　それだけのこと？」

シャーリーは、少《すこ》しがっかりしたような顔《かお》つきになる。

「彼《かれ》、ひとり暮《ぐ》らしだから。……正確《せいかく》には、ひとりとラクダ1頭《とう》暮《ぐ》らしかな」

塔子《とうこ》は説明《せつめい》した。

「……………………ああ」

「うにゅ、彼《かれ》ですか」

今《いま》の言葉《ことば》で、アリスもP《ピー》・P《ピー》・ジュニアも、欠席《けっせき》しているのが誰《だれ》だか分《わ》かった。

氷山中学《ひょうざんちゅうがく》で、ラクダを飼《か》っている生徒《せいと》はたぶん、ひとりだけ。

名前《なまえ》は暴夜騎士《あらびやないと》。

中東《ちゅうとう》の王族《おうぞく》であり、日本文化《にほんぶんか》にあこがれるあまり、家族《かぞく》を本国《ほんごく》に残《のこ》して転校《てんこう》してきた男《おとこ》の子《こ》である。今《いま》は古《ふる》きよき日本文化《にほんぶんか》を広《ひろ》めるため、白瀬駅前《しらせえきまえ》コンコースで『オアシス』という名《な》のアンティーク・ショップを開《ひら》いている。

「あの暴夜君《あらびやくん》がいないと、B組《ビーぐみ》はさぞ静《しず》かでしょうね？」

騎士《ないと》の騒《さわ》がしい様子《ようす》を思《おも》い出《だ》したP《ピー》・P《ピー》・ジュニアが、思《おも》わず顔《かお》をしかめた。

「ええ。まるで火《ひ》が消《き》えたみたいだから、担任《たんにん》の先生《せんせい》が心配《しんぱい》しちゃって。クラス委員《いいん》の男《おとこ》の子《こ》が、暴夜君《あらびやくん》のお店《みせ》まで見《み》に行《い》ったけれど、店《みせ》が閉《し》まっていて入《はい》れなかったみたい」

塔子《とうこ》の横《よこ》にいる盲導犬《もうどうけん》のトビイが、クーンと鳴《な》く。

「……それは少《すこ》し、心配《しんぱい》ですね」

アリスはキッチンからカップを持《も》ってきて、塔子《とうこ》の分《ぶん》の紅茶《こうちゃ》を注《そそ》いだ。

「私《わたし》としては、暴夜君《あらびやくん》って何《なに》があっても大丈夫《だいじょうぶ》だって気《き》もするんだけど」

塔子《とうこ》はトビイの頭《あたま》を撫《な》でながら、ちょっと微笑《ほほえ》んでみせる。

「片想《かたおも》いの相手《あいて》に、これっぽっちも心配《しんぱい》されないとは。不憫《ふびん》ですねえ、騎士君《ないとくん》は」

P《ピー》・P《ピー》・ジュニアは、わざとらしく目頭《めがしら》にハンカチを当《あ》てた。

騎士《ないと》が塔子《とうこ》を好《す》きだということを、氷山中学《ひょうざんちゅうがく》で知《し》らない生徒《せいと》はいない。

騎士《ないと》は毎日《まいにち》、1時間《じかん》ごとに塔子《とうこ》に告白《こくはく》しては、その度《たび》に「お友《とも》だちのままで」と断《ことわ》られ続《つづ》けているのだから。

「しょ～、望《のぞ》みのない愛《あい》にかすかな希望《きぼう》を抱《いだ》いている人《ひと》を面白《おもしろ》がったらいけません」

アリスは首《くび》を横《よこ》に振《ふ》る。

「……あなたの方《ほう》が、ひどいこと言《い》ってませんか？」

P《ピー》・P《ピー》・ジュニアのクチバシの間《あいだ》から、ため息《いき》がもれる。

「確かに《インディード》」

アリスも実《じつ》は、そんな気《き》がした。

「そこ、くだらない話《はなし》は止《や》めなさい」

シャーリーはアリスとP《ピー》・P《ピー》・ジュニアを注意《ちゅうい》してから、塔子《とうこ》に声《こえ》をかける。

「塔子《とうこ》さん、いくつか質問《しつもん》するけど、いいかしら？」

「ええ」

塔子《とうこ》は頷《うなず》いた。

「暴夜君《あらびやくん》って言《い》ったかな？　彼《かれ》を恨《うら》んでいそうな人《ひと》はいる？」

「学校《がっこう》にはいないと思《おも》う。校外《こうがい》でのことはよく知《し》らないけれど」

「彼《かれ》のアンティーク・ショップは儲《もう》かっていたかしら？」

「あまりお客《きゃく》さんは来《き》ていなかったらしいけど」

塔子《とうこ》は首《くび》を横《よこ》に振《ふ》る。

「あんな店《みせ》に行《い》くのは、よっぽどの変人《へんじん》ですよね？」

P《ピー》・P《ピー》・ジュニアがアリスにささやく。

「確《インディード》かに」

アリスもたまにあの『オアシス』の前《まえ》を通《とお》りかかるが、お客《きゃく》が入《はい》っているところを見《み》たことがない。

そもそも、置《お》いてある商品《しょうひん》のほとんどが、欠《か》けた茶碗《ちゃわん》や映《うつ》らないTV《テレビ》に、レンズの割《わ》れたメガネといった、アンティークと言《い》うよりは安物《やすもの》の使《つか》い古《ふる》し。

アリスの目《め》から見《み》ても、価値《かち》がありそうにもない物《もの》ばかりなのだ。

「狙《ねら》われそうな、高価《こうか》な品《しな》を持《も》っていたりする？」

シャーリーの質問《しつもん》は続《つづ》く。

「お店《みせ》には置《お》いていないと思《おも》うわ。前《まえ》は空飛《そらと》ぶ絨毯《じゅうたん》があったけど、今《いま》は銀行《ぎんこう》の貸《か》し金庫《きんこ》に預《あず》けているそうだから」

塔子《とうこ》はちょっと考《かんが》えてから答《こた》えた。

「何《なに》を隠《かく》そう、あの絨毯《じゅうたん》を盗賊団《とうぞくだん》の手《て》から守《まも》ったのはこの私《わたし》たちなんですよ～！　ペンギン探偵社日本支部《たんていしゃにほんしぶ》！」

P《ピー》・P《ピー》・ジュニアがふんぞり返《かえ》る。

「響君《ひびきくん》の協力《きょうりょく》もありました」

と、付《つ》け足《た》すアリス。

「うにゅ！　探偵《たんてい》シュヴァリエの名前《なまえ》なんて、ここで出《だ》さなくてもいいんですよ！」

P《ピー》・P《ピー》・ジュニアはちょっとすねた。

「……単純《たんじゅん》に考《かんが》えれば、狙《ねら》いはその空飛《そらと》ぶ絨毯《じゅうたん》。貸《か》し金庫《きんこ》の鍵《かぎ》が欲《ほ》しくて暴夜君《あらびやくん》はさらわれた、のかな？」

シャーリーはあごに右手《みぎて》の指先《ゆびさき》を当《あ》て、眉《まゆ》をひそめる。

「誘拐《ゆうかい》されたの？」

塔子《とうこ》の顔《かお》が、わずかに青《あお》ざめた。

「その可能性《かのうせい》もある、というだけのことよ」

シャーリーは塔子《とうこ》を安心《あんしん》させるように、その手《て》に触《ふ》れながら続《つづ》ける。

「とにかく、暴夜君《あらびやくん》のアンティーク・ショップに行《い》ってみましょう。手《て》がかりがきっとあるはず」

「じゃあ、私《わたし》も一緒《いっしょ》に行《い》くわ」

塔子《とうこ》は唇《くちびる》をきゅっと結《むす》んで立《た》ち上《あ》がる。

「うにゅ。では、さっそく〜」

こうして一同《いちどう》は、全員《ぜんいん》で白瀬《しらせ》駅前《えきまえ》コンコースを目指《めざ》すことになった。


「閉《し》まっています」

アリスたちはコンコース内《ない》のアンティーク・ショップ『オアシス』までやってきたが、店《みせ》はシャッターが下《お》りていた。

インターフォンを押《お》してみたが、しばらく待《ま》っても返事《へんじ》はない。

裏口《うらぐち》に回《まわ》ってみたけれど、鍵《かぎ》がかかっている。

「むにゅう、仕方《しかた》ありませんね」

「……ええ、そうね」

P《ピー》・P《ピー》・ジュニアとシャーリーは目配《めくば》せした。

(嫌《いや》な……予感《よかん》が)

アリスは早《はや》くも落《お》ち込《こ》みかける。

「あ〜、中《なか》から声《こえ》が聞《き》こえる。これは悲鳴《ひめい》かしら？」

シャーリーが耳《みみ》に手《て》を当《あ》てると、突然《とつぜん》、そんなことを言《い》い出《だ》した。

棒読《ぼうよ》みの口調《くちょう》が実《じつ》に嘘《うそ》っぽい。

「そんな音《おと》は聞《き》こえま――」

と言《い》いかけたアリスをさえぎって。

「そうかも知《し》れませんね。これは悲鳴《ひめい》です。大変《たいへん》だ〜」

P《ピー》・P《ピー》・ジュニアまでもが、ワザとらしい台詞《せりふ》を吐《は》いた。

「中《なか》の人《ひと》を助《たす》けなくちゃいけないわね。非常事態《ひじょうじたい》だもの」

「うにゅ。大至急《だいしきゅう》、助《たす》けるべきです」

シャーリーとP《ピー》・P《ピー》・ジュニアは頷《うなず》き合《あ》うと――。

ガンッ！

同時《どうじ》に裏口《うらぐち》の扉《とびら》を蹴《け》っ飛《と》ばした。

扉《とびら》はそのまま、奥《おく》に向《む》かって倒《たお》れる。

（この方《かた》たちの頭《あたま》の中《なか》には、法律《ほうりつ》を守《まも》るという考《かんが》えがないのでしょうか？）

少《すく》なくとも、器物破損《きぶつはそん》に不法侵入《ふほうしんにゅう》。

ふたつの法律《ほうりつ》には引《ひ》っかかるはずである。

だが、アリスが立《た》ち尽《つ》くしている間《あいだ》に、Ｐ《ピー》・Ｐ《ピー》・ジュニアとシャーリーは『オアシス』の中《なか》へと入《はい》っていった。

「無事《ぶじ》、だよね」

塔子《とうこ》も自分《じぶん》に言《い》い聞《き》かせるようにつぶやいて、シャーリーたちに続《つづ》く。

こうなるとアリスがひとりだけ外《そと》にいる訳《わけ》にはいかない。

（落《お》ち込《こ》みながらも……）

アリスはみんなの後《あと》を追《お》った。


裏口《うらぐち》から入《はい》ると、すぐにお茶《ちゃ》の間《ま》があった。

そこに、捜《さが》している騎士《ないと》の姿《すがた》はなかったが――。

「ハッサンさん？」

騎士《ないと》と一緒《いっしょ》にここに住《す》んでいるラクダのハッサンの姿《すがた》はあった。

ハッサンはコタツ――今日《きょう》はポカポカ陽気《ようき》だけど、砂漠育《さばくそだ》ちのラクダにはちょっと寒《さむ》いのかも知《し》れない――に入《はい》り、ミントティーを飲《の》みながらTV《テレビ》で午後《ごご》の映画劇場《えいがげきじょう》を見《み》ていた。

「こんにちはです」

アリスが礼儀正《れいぎただ》しく――裏口《うらぐち》を破《やぶ》って侵入《しんにゅう》して礼儀《れいぎ》も何《なに》もあったものではないけれど――挨拶《あいさつ》すると、ハッサンも長《なが》い首《くび》を曲《ま》げてお辞儀《じぎ》を返《かえ》した。

「ピキ〜ッ！　ハッサン、いるんだったら返事《へんじ》をなさい！　留守《るす》だと思《おも》ったじゃないですか！」

P《ピー》・P《ピー》・ジュニアは、TV《テレビ》の画面《がめん》とハッサンの間《あいだ》に割《わ》って入《はい》る。

「！」

ハッサンはP《ピー》・P《ピー》・ジュニアに気《き》がつくと、瞳《ひとみ》を輝《かがや》かせてその丸《まる》っこい頭《あたま》にカポッとかぶりついた。ハッサンは賢《かしこ》いラクダだけれども、時々《ときどき》、P《ピー》・P《ピー》・ジュニアのことを餌《えさ》と間《ま》違《ちが》えるのだ。

「こ、こら、よしなさ〜い！」

Ｐ《ピー》・Ｐ《ピー》・ジュニアは、水《みず》かきとヒレを必死《ひっし》になって振《ふ》り回《まわ》した。

「もう、面倒《めんどう》かけるわね！」

シャーリーがＰ《ピー》・Ｐ《ピー》・ジュニアの胴体《どうたい》を抱《かか》え、何《なん》とかハッサンの口《くち》から引《ひ》き離《はな》す。

「アリス～、頭《あたま》に、頭《あたま》に歯形《はがた》が～！」

Ｐ《ピー》・Ｐ《ピー》・ジュニアは涙目《なみだめ》になりながら、ヒレで頭《あたま》のてっぺんを撫《な》でようと——届《とど》かなかったけど——した。

「——で」

Ｐ《ピー》・Ｐ《ピー》・ジュニアを床《ゆか》に下《お》ろしてから、シャーリーはアリスを振《ふ》り返《かえ》る。

「この散《ち》らかってる部屋《へや》だけど、荒《あ》らされた様子《ようす》はある？」

「……もともとこの状態《じょうたい》だったような？」

見《み》たところ、店《みせ》の内部《ないぶ》の様子《ようす》は前《まえ》に来《き》た時《とき》とあまり変《か》わりはないようだ。

アリスは一度《いちど》見《み》たものなら、細《こま》かいところまで完全《かんぜん》に覚《おぼ》えていられるという才能《さいのう》がある。

アリスの印象《いんしょう》では、部屋中《へやじゅう》を引《ひ》っくり返《かえ》して何《なに》かを探《さが》したようには思《おも》えない。

「夕星《ゆうずつ》さん、いたのはハッサンだけ？　暴夜君《あらびやくん》は？」

塔子《とうこ》が緊張《きんちょう》の隠《かく》せない声《こえ》でアリスに尋《たず》ねる。

「ここにはいません」

アリスは塔子《とうこ》の腕《うで》を取《と》りながら答《こた》える。

「手詰《てづ》まり、ということね」

シャーリーは腕組《うでぐ》みをして考《かんが》え込《こ》んだ。

「ハッサンさんに聞《き》いてみましょう」

アリスは提案《ていあん》する。

「ラ、ラクダに？」

シャーリーの目《め》が丸《まる》くなる。

「はい」

アリスは頷《うなず》いた。

「本気《ほんき》？　ラクダが話《はな》せると思《おも》ってるの？」

「おそらく」

アリスは前《まえ》に、騎士《ないと》がハッサンに話《はな》しかけているのを見《み》たことがある。

騎士《ないと》が何《なに》か聞《き》く度《たび》に、首《くび》を縦《たて》に振《ふ》ったり、横《よこ》に振《ふ》ったりしていたから、たぶん、こちらの言《い》っていることぐらいは分《わ》かるのだろう。

「いいわ。この際《さい》、何《なん》でも試《ため》してみましょう」

シャーリーはこめかみを押《お》さえ、ため息《いき》をついた。

「……探偵《たんてい》やっていて、ラクダを尋問《じんもん》することになるとは思《おも》ってもいなかったわ」

「同感《どうかん》です」

正直《しょうじき》、アリスもそう思《おも》う。

「ハッサン、だったわね？　あなたのご主人様《しゅじんさま》、暴夜騎士《あらびやないと》はどこにいるの？」

シャーリーが改《あらた》めて質問《しつもん》すると、ハッサンは視線《しせん》をそらした。

「何《なに》か知《し》っているわね」

「のようです」

シャーリーとアリスは、顔《かお》を見合《みあ》わせる。

「ねえ、教《おし》えて。暴夜君《あらびやくん》は無事《ぶじ》なの？」

塔子《とうこ》が尋《たず》ねると、ハッサンはごまかすように口笛《くちぶえ》を吹《ふ》き始《はじ》めた。

「君《きみ》はひじょ〜に怪《あや》しいですね」

P《ピー》・P《ピー》・ジュニアは背中《せなか》でヒレを組《く》んで――少《すく》なくとも組《く》もうと努力《どりょく》して――ゆ〜っくりとハッサンのまわりを回《まわ》る。

「容疑者《ようぎしゃ》1号君《ごうくん》、大人《おとな》しく白状《はくじょう》した方《ほう》が、あなたのためですよ」

「………」

いつの間《ま》にか容疑者《ようぎしゃ》にされてしまったハッサンは、こめかみのあたりに汗《あせ》をかき始《はじ》めた。

「塔子《とうこ》さんが心配《しんぱい》しています」

アリスがそう優《やさ》しく声《こえ》をかけると、ハッサンの目《め》がいよいよ怪《あや》しげに泳《およ》いだ。

「さあ、洗《シ》いざらい話《ン》すのよ」

シャーリーは電気《でんき》スタンドを引《ひ》っ張《ぱ》ってきて、ハッサンの顔《かお》に光《ひかり》を当《あ》てる。

すると。

「バフフフッ！」

追《お》いつめられたハッサンは突然《とつぜん》、大《おお》きくいなないて立《た》ち上《あ》がると、裏口《うらぐち》から裏通《うらどお》りへと飛《と》び出《だ》した。

「あ〜っ！　逃《に》げた！」

「お待《ま》ちなさい！」

P《ピー》・P《ピー》・ジュニアとシャーリーがハッサンを追《お》う。

「私《わたし》たちも」

「うん」

もちろん、アリスと塔子《とうこ》も1羽《わ》とひとりに続《つづ》いたが——。

「……………いません」

ハッサンの姿《すがた》は、もうどこにもなかった。

「うにゅにゅにゅにゅ、油断《ゆだん》しました。意外《いがい》と足《あし》が速《はや》かったですね」

P《ピー》・P《ピー》・ジュニアは悔《くや》しそうに、地面《じめん》をペタタタタタタタ〜ッと水《みず》かきで叩《たた》く。

「大丈夫《だいじょうぶ》よ。あなたたちと違《ちが》って、大英帝国《だいえいていこく》の名探偵《めいたんてい》は抜《ぬ》かりがないの」

と、不敵《ふてき》に微笑《ほほえ》んだのはシャーリーだった。

「こんなこともあろうかと、あのラクダに最初《さいしょ》に触《さわ》った時《とき》に、さりげなく発信機《はっしんき》をつけておいたから」

シャーリーがタブレット端末《たんまつ》を取《と》り出《だ》して地図《ちず》を表示《ひょうじ》した。

「そ～ゆ～ことは早《はや》く言《い》ってくださいよ！　無駄《むだ》に走《はし》っちゃったじゃないですか！」

「ダイエットにちょうどいいじゃないの」

シャーリーがアリスたちに見《み》せた地図《ちず》の上《うえ》には、チカチカ光《ひか》りながら移動《いどう》する点《てん》が映《うつ》っている。

たぶん、これがハッサンだ。

「ハイテクです」

アリスは感心《かんしん》する。

「こういう勉強《べんきょう》をしておきなさいって、私《わたし》が教《おし》えたはずだけど？」

シャーリーは白《しろ》い目《め》でアリスとP《ピー》・P《ピー》・ジュニアを見《み》た。

確《たし》かに、ロンドンの研修《けんしゅう》でそんな話《はなし》を聞《き》いた気《き》もするけれど、アリスは半分以上《はんぶんいじょう》居眠《いねむ》りをしていたのでよく覚《おぼ》えていない。それに、ペンギン探偵社日本支部《たんていしゃにほんしぶ》の予算《よさん》では、高《たか》いハイテク装備《そうび》をそろえることなど、夢《ゆめ》のまた夢《ゆめ》である。

「追《お》うわよ」

シャーリーの先導《せんどう》で、アリスたちは地図上《ちずじょう》の点《てん》を追《お》って駅前広場《えきまえひろば》から南《みなみ》にのびる大通《おおどお》りへと向《む》かった。

「ここ、よね？」

「にゅにゅ……ここですね」

「ここかと」

裏通《うらどお》りの雑居《ざっきょ》ビル。

その前《まえ》で足《あし》を止《と》めたシャーリーとP《ピー》・P《ピー》・ジュニア、それにアリスは凍《こお》りついていた。

そばで低《ひく》いうなり声《ごえ》を上《あ》げているのは、盲導犬《もうどうけん》のトビイである。

ハッサンにつけられた発信機《はっしんき》が指《さ》し示《しめ》す場所《ばしょ》。それは、目《め》に痛《いた》いくらいに派手《はで》な看板《かんばん》が示《しめ》す通《とお》り、メイドの格好《かっこう》をしたお姉《ねえ》さんたちがおもてなしをしてくれる店《みせ》。

メイド喫茶《きっさ》『ラヴリ〜ンの館《やかた》』である。

「どうしたの？」

目《め》の不自由《ふじゆう》な塔子《とうこ》がアリスたちに尋《たず》ねる。

「ちょっと理解不能《りかいふのう》な事態《じたい》が起《お》こっているの」

と、答《こた》えたのはシャーリー。

アリスも噂《うわさ》ではメイド喫茶《きっさ》を知《し》っていたけれど、この白瀬市《しらせし》にこんな店《みせ》があるなんて思《おも》ってもいなかった。

「ともかく、この喫茶店《きっさてん》に入《はい》ってハッサンを捜《さが》すとしましょうか？」

意外《いがい》と乗《の》り気《き》なP《ピー》・P《ピー》・ジュニアが扉《とびら》を開《あ》ける。

すると。

「……ここ、本当《ほんとう》に喫茶店《きっさてん》？」

塔子《とうこ》が首《くび》を傾《かし》げるのも無理《むり》はない。

耳《みみ》に飛《と》び込《こ》んできたのは、落《お》ち着《つ》いたBGM《ビージーエム》ではなく、アイドルの女《おんな》の子《こ》が歌《うた》ってるような曲《きょく》である。

「い、いちお〜そうですよ」

P《ピー》・P《ピー》・ジュニアの返答《へんとう》は——歯《は》がないからじゃないけれど——歯切《はぎ》れが悪《わる》い。

「いらっしゃいませ、お嬢様《じょうさま》〜」

メイドのコスチュームを着《き》た笑顔《えがお》の女《おんな》の子《こ》がやってきて、アリスたちをテーブルまで案《あん》内《ない》する。

「ここ、メイド喫茶《きっさ》なのね？」

ようやく、塔子《とうこ》も気《き》がついた。

「こんなところに入《い》り浸《びた》って、学校《がっこう》に出《で》てこないんだとしたら——」

ほんの少《すこ》しだが、声《こえ》が震《ふる》えている。

「塔子《とうこ》さん、怒《おこ》ってる？」

アリスが小声《こごえ》で尋《たず》ねた。

「別《べつ》に怒《おこ》ってはいないけれど」

唇《くちびる》を尖《とが》らせた塔子《とうこ》はやっぱりちょっと不機嫌《ふきげん》そうだ。

一方《いっぽう》。

「いかにも、騎士君《ないとくん》が来《き》そうな店《みせ》ですね〜」

P《ピー》・P《ピー》・ジュニアは納得《なっとく》していた。

「あ〜、『るんるんオムライス』と『キラキラ・スムージ』、お願《ねが》いしま〜す！」

ヒレを上《あ》げてメイドさんを呼《よ》び、早《はや》くもオーダーする。

「は〜い！　心《こころ》を込《こ》めて作《つく》りますね、ご主人様《しゅじんさま》〜！」

メイドさんはニッコリして、可愛《かわい》いポーズを取《と》った。

「日本《にほん》の文化《ぶんか》って理解《りかい》できないわ」

メイドさんたちに圧倒《あっとう》されたシャーリーは、額《ひたい》に手《て》を当《あ》てながらつぶやいた。

「高校生《こうこうせい》になれば、こういうところでアルバイトができるんでしょうか？」

メイドさんの可愛《かわい》い制服《せいふく》に、アリスはちょっとあこがれる。

「あのね、今《いま》の仕事《しごと》さえマトモにできてないじゃない？　なのにこんな忙《いそが》しいお店《みせ》で、やっていける訳《わけ》ないでしょ」

シャーリーはそんなあこがれをバッサリと切《き》り捨《す》てた。

「……ごもっともです」

アリスも実《じつ》は、そう言《い》われそうな予感《よかん》はあった。

「ともかく、今《いま》はハッサンだけが騎士君《ないとくん》につながる手《て》がかりなんだから、絶対《ぜったい》に捕《つか》まえないと」

シャーリーはもう一度《いちど》、タブレットでハッサンの位置《いち》を確《たし》かめる。

「間違《まちが》いない。あっちだわ」

シャーリーが、店《みせ》の奥《おく》に視線《しせん》を向《む》けたその時《とき》。

「は〜い、ご主人様《しゅじんさま》〜」

さっきP《ピー》・P《ピー》・ジュニアがオーダーした「るんるんオムライス」――どこが「るんるん」なのか分《わ》からないが――を、メイドさんがトレーにのせて運《はこ》んできた。

「初《はじ》めてのご主人様《しゅじんさま》には、サービス、サービスゥ〜」

メイドさんは黄色《きいろ》いオムライスの上《うえ》に、赤《あか》いケチャップでハートのマークを描《か》き始《はじ》める。

「にゅふふ、私《わたし》が頑張《がんば》ってオトリになり、メイドさんの気《き》を引《ひ》いておきます。あなたたちはその間《あいだ》に、ハッサンを捜《さが》してきてください」

P《ピー》・P《ピー》・ジュニアはだらしなく頰《ほお》をゆるめながら、ヒレで店《みせ》の奥《おく》を指《さ》す。

「ししょ〜、楽《たの》しんでますね？」

アリスはちょっと情《なさ》けない。

「放《ほう》っておきましょ」

シャーリーはため息《いき》をつきながらも席《せき》を立《た》った。

「ここで待《ま》っていてください」

アリスは塔子《とうこ》にそうささやくと、シャーリーと一緒《いっしょ》に奥《おく》に向《む》かおうとする。

しかし。

「ちょっとちょっと！」

身長《しんちょう》2メートル近《ちか》いヒゲのおじさんが突然《とつぜん》ヌッと現《あらわ》れて、アリスたちを通《とお》せんぼした。

「ここから先《さき》は、関係者《スタッフ》以外立《・オン》ち入《リ》り禁《ー》止よ」

何故《なぜ》かこのおじさんも、メイド服《ふく》である。

「ええと、あなたは？」

アリスはおじさんの姿《すがた》に衝撃《しょうげき》を受《う》けながらも質問《しつもん》した。

「あたし？　あたしは、ロォ～ズ・ラヴリ～ン！」

巻《ま》き舌《じた》で名乗《なの》ったおじさんが全身《ぜんしん》の筋肉《きんにく》に力《ちから》を入《い》れて、フンッとポーズを取《と》る。

「ここのオーナー！」

と、ポーズを変《か》え――。

「ここの経営者《けいえいしゃ》！」

胸《むね》の筋肉《きんにく》をムキッと動《うご》かして――。

「つまりボスよ！　むぅん……ふんっ！」

クルリと回《まわ》って、また別《べつ》のポーズ。

「……日本《にほん》の文化《ぶんか》って、やっぱり理解《りかい》できないわ」

シャーリーはこめかみを押《お》さえ、先《さき》ほどの台詞《せりふ》を繰《く》り返《かえ》した。

当然《とうぜん》である。

アリスだってこのおじさんは理解《りかい》できない。

「ほんの少《すこ》しでいいのですが？」

と、それでもアリスはローズに食《く》い下《さ》がったが。

「だ〜め。この先《さき》には乙女《おとめ》の秘密《ひみつ》が隠《かく》されているの。それをのぞこうなんて、イ、ケ、ナ、イ、お嬢《じょう》さんたちね」

ローズはウインクして、人差《ひとさ》し指《ゆび》をチッチと振《ふ》る。

「どうしてもダメですか？」

「ダ〜メ！　ありえないわよ！」《ノー・ウェイ　インパッシボ〜》

ローズはこぶしを握《にぎ》った太《ふと》い右腕《みぎうで》を高《たか》くかかげ、うっとりした表情《ひょうじょう》を浮《う》かべる。

「この『ラヴリ〜ンの館《やかた》』は、居場所《いばしょ》を失《うしな》った子羊《こひつじ》ちゃんたちが集《つど》う夢《ゆめ》の園《その》なの！　そして、あたしたちメイドは子羊《こひつじ》ちゃんたちを慰《なぐさ》める清《きよ》らか〜な天使《てんし》！　でも、一度《いちど》その裏《うら》を見《み》てしまったら、キュートな魔法《まほう》は解《と》けてしまうのよ！　そう、永遠《えいえん》にね！」

ローズのあり得《え》ないような迫力《はくりょく》に、アリスたちはいったん下《さ》がるしかなかった。

「ししょ〜、通《とお》してもらえませんでした」

肩《かた》を落《お》としたアリスは席《せき》に戻《もど》り、P《ピー》・P《ピー》・ジュニアに報告《ほうこく》した。

「うにゅう、それは困《こま》りました」

クチバシをケチャップだらけにしたP《ピー》・P《ピー》・ジュニアは、あまり困《こま》っているようには見《み》えない。

「とりあえず、ハッサンはここのお客《きゃく》さんではなさそうですが——」

紙《かみ》ナプキンでメイドさんにクチバシをふいてもらったP《ピー》・P《ピー》・ジュニアは、塔子《とうこ》に告《つ》げた。

「私《わたし》たちの追及《ついきゅう》を逃《のが》れてここに来《き》たんです。この『ラヴリ〜ンの館《やかた》』に、何《なに》か騎士君《ないとくん》に関《かか》わる秘密《ひみつ》があるのは間違《まちが》いないでしょう」

「生《い》きてはいるんですよね？」

半分《はんぶん》、自分自身《じぶんじしん》に言《い》い聞《き》かせるような口調《くちょう》で、塔子《とうこ》はP《ピー》・P《ピー》・ジュニアに尋《たず》ねた。

「それは……」

P《ピー》・P《ピー》・ジュニアは言葉《ことば》を濁《にご》す。

「……こうなったら、潜入捜査《せんにゅうそうさ》しかないわね」

それまで黙《だま》って考《かんが》え込《こ》んでいたシャーリーが、きびしい表情《ひょうじょう》で口《くち》を開《ひら》いた。

「潜入《せんにゅう》……捜査《そうさ》？」

アリスはキョトンとした顔《かお》になる。

「アリス！　メイド服《ふく》を用意《ようい》しなさい！　3人分《にんぶん》よ！」

シャーリーはアリスに命《めい》じた。

これを聞《き》いて、アリスよりも落《お》ち込《こ》んだ人《ひと》がいた。

「……3人《にん》……分《ぶん》」

それはもちろん、塔子《とうこ》だった。

メイド喫茶《きっさ》『ラヴリ〜ンの館《やかた》』をあとにして、いったんペンギン探偵社《たんていしゃ》まで戻《もど》ると。

「鏡《ミラー》よ、鏡《ミラー》」

アリスはみんなを応接室《おうせつしつ》で待《ま》たせて自室《じしつ》に戻《もど》り、壁《かべ》の鏡《かがみ》を通《とお》って鏡《かがみ》の国《くに》へと飛《と》び込《こ》んでいた。こちらの国《くに》の仕立屋《したてや》、タマゴのような姿《すがた》をしたハンプティ・ダンプティの力《ちから》を借《か》りるためである。

「アリス・リドル登場《エンター・アリス・リドル》」

アリス・リドルになったアリスは、左右《さゆう》を見回《みまわ》した。

(今日《きょう》はどこにいらっしゃるのでしょう?)

ハンプティ・ダンプティは、お茶会《ちゃかい》に出《で》ていることもあれば、水《みず》のないところで船《ふね》を漕《こ》いでいることもある。鏡《かがみ》の国《くに》は意外《いがい》と広《ひろ》いので、いざ捜《さが》すとなると見《み》つけるのは大変《たいへん》だ。

でも、アリスが静《しず》かに待《ま》っていると、少《すこ》ししてーー。

「誰《だれ》かお捜《さが》しかな〜？」

ハンプティ・ダンプティが三輪車《さんりんしゃ》に乗《の》り、ドードー鳥《どり》の巣《す》を頭《あたま》にのせて現《あらわ》れた。

もちろん、巣《す》の中《なか》にはドードー鳥《どり》がチョコンと座《すわ》っている。

「これ、鏡《かがみ》の国《くに》の最新《さいしん》ファッションね」

ハンプティ・ダンプティは、誇《ほこ》らしげに自分《じぶん》の頭《あたま》の上《うえ》を指《ゆび》さした。

「アリスもこういう帽子《ぼうし》、欲《ほ》しいでしょ？」

「……今《いま》は遠慮《えんりょ》します」

アリスは首《くび》を横《よこ》に振《ふ》ると、スマートフォンで撮《と》ったメイド服《ふく》の写真《しゃしん》をハンプティ・ダンプティに見《み》せる。

「こんな感《かん》じのメイド服《ふく》が、３人分《にんぶん》欲《ほ》しいのですが？」

「ふ〜ん。３人分《にんぶん》ね」

ハンプティ・ダンプティはちょっと考《かん》え込《こ》む。

「普通《ふつう》に着替《きが》えるので、『ワンダー・チェンジ』はいりません」

アリスは付《つ》け加《くわ》えた。

「え～」

と、不満《ふまん》の声《こえ》を上《あ》げるハンプティ・ダンプティ。

「ワンダー・チェンジ」というのは、アリスが一瞬《いっしゅん》で着替《きが》えるための不思議《ふしぎ》な呪文《じゅもん》である。

だけど、今回《こんかい》は塔子《とうこ》とシャーリーが一緒《いっしょ》。

もしも何《なに》かの拍子《ひょうし》にふたりが「ワンダー・チェンジ」と言《い》ってしまって――あり得《え》ないとは思《おも》うけど――パッと変身《へんしん》しちゃったら、説明《せつめい》がとても苦《くる》しい。

なので、ワンダー・チェンジは抜《ぬ》きでお願《ねが》いしたいのだ。

「そりゃあできるよ、できますけどね～。芸術家《げいじゅつか》にはプライドというものが」

ハンプティ・ダンプティはブツブツ言《い》いながらも、パチンと指《ゆび》を鳴《な》らした。

ハサミと糸《いと》、針《はり》、そしてきれいな布《ぬの》が、どこからともなく姿《すがた》を現《あらわ》す。

「コ～カス・ダンス、コ～カス・ダ～ンス！　あなたも私《わたし》もコ～カス・ダ～ンス！」

ハンプティ・ダンプティの歌《うた》に合《あ》わせ、ハサミや針《はり》が踊《おど》るような動《うご》きで服《ふく》を縫《ぬ》いあげていく。

そして。

「はい、どうぞ」

ハンプティ・ダンプティは、出来上《できあ》がった3着《ちゃく》のメイド服《ふく》をアリスに渡《わた》した。

「さすがです」

お店《みせ》のメイドさんたちがうらやましがりそうな、すてきな仕上《しあ》がりである。

「お茶《ちゃ》の子《こ》さいさい、簡単《かんたん》すぎだよ～」

ハンプティ・ダンプティはそう返《かえ》したものの、ほめられたのでちょっとうれしそうだ。

「いつもありがとう」

アリスはお礼《れい》を告《つ》げると、手《て》を振《ふ》って鏡《かがみ》の国《くに》を後《あと》にした。


「はい、これです」

アリス・リドルの姿《すがた》のまま探偵社《たんていしゃ》に戻《もど》ったアリスは、待《ま》っていたシャーリーと塔子《とうこ》にメイド服《ふく》を渡《わた》した。

「アリス・リドル、これ、夕星《ゆうずつ》アリスじゃなくってあなたが着《き》るの？」

シャーリーはアリスを見《み》て、軽《かる》く眉《まゆ》を上《あ》げる。

「アリス・リドルさん？　あの、夕星《ゆうずつ》さんは？」

いきなりのアリス・リドルの登場《とうじょう》に、塔子《とうこ》もちょっととまどっている。

「夕星《ゆうずつ》アリスはバイトができる高校生《こうこうせい》に見《み》えないので、私《わたし》が代《か》わりということで」

言《い》い訳《わけ》しながら、アリスは少《すこ》しばかり情《なさ》けない気分《きぶん》になる。

普通《ふつう》は、黒《くろ》を着《き》ると大人《おとな》びて見《み》えるものだが、どうやらアリスの場合《ばあい》は違《ちが》うようなのだ。

ちなみに、アリスたちが通《かよ》う氷山中学《ひょうざんちゅうがく》の校則《こうそく》では、当《あ》たり前《まえ》だがバイトは禁止《きんし》だ。

「私《わたし》もまだ中学生《ちゅうがくせい》なんだけどなあ……」

塔子《とうこ》はメイド服《ふく》を持《も》ったまま口《くち》ごもる。

「あなたは大人《おとな》びて見《み》えるから大丈夫《だいじょうぶ》ですよ～」

P《ピー》・P《ピー》・ジュニアは安心《あんしん》させるように塔子《とうこ》の肩《かた》をポンと叩《たた》く。——ヒレが肩《かた》まで届《とど》かず、実際《じっさい》に叩《たた》いたのは膝《ひざ》のあたりだったけれど。

「では、これから着替《きが》えるので」

アリスはP《ピー》・P《ピー》・ジュニアにそう告《つ》げると、シャーリーたちを連《つ》れて自分《じぶん》の部屋《へや》へと移《い》動《どう》した。

「どうして日本《にほん》まで来《き》てこんな格好《かっこう》を……悪夢《あくむ》よ」

自分《じぶん》で言《い》い出《だ》しておきながら、メイド姿《すがた》の自分《じぶん》を鏡《かがみ》で見《み》たシャーリーはうめいていた。

「クラスの誰《だれ》かに見《み》られたら、明日《あした》から学校《がっこう》に行《い》けない」

塔子《とうこ》の表情《ひょうじょう》も暗《くら》い。

アリスはいつも捜査《そうさ》で変身《へんしん》しているから、おかしな服《ふく》を着《き》るのは意外《いがい》とへっちゃらだ。

(慣《な》れというのは怖《こわ》いものです)

つくづく思《おも》うアリスだった。

そして——。

着替《きが》えを終《お》えた3人《にん》は、P《ピー》・P《ピー》・ジュニアとメイド喫茶《きっさ》に戻《もど》ってきた。

「では、私《わたし》はさっきと同《おな》じように、お客《きゃく》さんになりすまします。何《なに》かあったら連絡《れんらく》を」

P《ピー》・P《ピー》・ジュニアがまず、先《さき》にお店《みせ》に入《はい》る。

「いい？　バイトの面接《めんせつ》に来《き》た子《こ》みたいに振《ふ》る舞《ま》うのよ」

シャーリーはアリスと塔子《とうこ》に言《い》い聞《き》かせ、扉《とびら》を開《ひら》いた。

「ごめんなさ〜い！　面接《めんせつ》ぅ、遅《おく》れちゃいました〜！」

シャーリーはローズのところに駆《か》け寄《よ》ると、握《にぎ》った手《て》をあごの下《した》に当《あ》てて頭《あたま》を傾《かたむ》け、ニコッと笑《わら》ってみせた。

「遅刻遅刻《ちこくちこく》ぅ〜……です」

アリスは落《お》ち込《こ》みながらも、シャーリーをお手本《てほん》に同《おな》じポーズを取《と》る。

「……はあ」

塔子《とうこ》はもう、うなだれちゃっていた。

ついでに隣《となり》にいるトビイもうなだれている。

「あらぁん、新《あたら》しい子《こ》？　確《たし》かに募集《ぼしゅう》はしたけど、面接《めんせつ》の予定《よてい》なんかあったかしら？」

ローズはそんな3人《にん》を見《み》て、不思議《ふしぎ》そうに首《くび》を傾《かし》げた。

「あったんですよ！　ほら、まず私《わたし》から！」

シャーリーはローズの背中《せなか》を押《お》して、店《みせ》の奥《おく》へと向《む》かう。

「……うまくいきそうです」

アリスは塔子《とうこ》の腕《うで》を取《と》って、シャーリーたちに続《つづ》いた。

「面接《めんせつ》はこの部屋《へや》でいいんですよね～？」

シャーリーは店長室《てんちょうしつ》の前《まえ》まで来《く》ると、ローズの腕《うで》を取《と》りながらアリスに目《め》で合図《あいず》した。

自分《じぶん》がローズを足止《あしど》めしている間《あいだ》に、ハッサンを捜《さが》せということのようだ。

「はいはい、店長《てんちょう》さん！　面接《めんせつ》、じっくりとお願《ねが》いしま～す！」

シャーリーはローズを引《ひ》きずるようにして店長室《てんちょうしつ》に引《ひ》っ張《ぱ》り込《こ》む。

「いやぁん、この子《こ》、積極的《せっきょくてき》～っ！　すぐにでも採用《さいよう》したいわ～ん！」

扉《とびら》がバタンと閉《と》じられ、廊下《ろうか》にはアリスと塔子《とうこ》だけが残《のこ》される。

左右《さゆう》を見渡《みわた》すと、いくつか部屋《へや》が並《なら》んでいるのが分《わ》かる。アリスたちはその部屋《へや》を、ひとつひとつ調《しら》べてみることにした。

「まずは――」

アリスが最初《さいしょ》に選《えら》んだ部屋《へや》は、ロッカーがあるメイドさんたちの更衣室《こういしつ》。

ハッサンの姿《すがた》も、騎士《ないと》の姿《すがた》もない。

その隣《となり》はキッチン。

コックの人《ひと》たちが忙《いそが》しく働《はたら》いているが、やはりハッサンたちはいない。

ところが。

3番目《ばんめ》の部屋《へや》の扉《とびら》を開《あ》けた時《とき》、アリスは息《いき》を飲《の》んだ。

「どうしたの？」

塔子《とうこ》が小声《こごえ》でアリスに聞《き》く。

「床《ゆか》に赤《あか》いものがあります」

アリスが目《め》にしたのは、床《ゆか》に点々《てんてん》と残《のこ》る赤《あか》い染《し》みだ。

「まさか、血《ち》なの？」

塔子《とうこ》の顔《かお》が青《あお》ざめた。

「これがもし、血《ち》だとしたら？」

アリスがかがんで、よく調《しら》べようとしたその時《とき》。

部屋《へや》の奥《おく》にあった扉《とびら》が、ギイッと音《おと》を立《た》てて開《あ》いた。

現《あらわ》れたのは、すらりとした背《せ》の高《たか》いメイドさんだ。

「……あっと」

メイドさんは、アリスたちを見《み》て固《かた》まっている。

「怪《あや》しいけれど、怪《あや》しいものではありません。新人《しんじん》メイドさんです」

アリスは何《なん》とかごまかそうとして言《い》った。

「そ、そうなの？　よろしくね」

メイドさんは笑《わら》って見《み》せたが、どこかぎこちない。

「あの、ラクダをこのへんで見《み》ませんでしたか？」

アリスは聞《き》いた。

「あら、ラクダは砂漠《さばく》にいるものよ。ここは砂漠《さばく》じゃないでしょう？」

と、メイドさんが答《こた》えたその時《とき》。

メイドさんが出《で》てきた扉《とびら》の向《む》こうで物音《ものおと》がした。

「そ、そっちには何《なに》もいないわよ！　ラクダなんて特《とく》にいないし！」

メイドさんは、アリスを扉《とびら》に近《ちか》づかせまいと立《た》ちふさがる。

アリスはスマートフォンを出《だ》すと、「七《なな》つ道具《どうぐ》」のアプリのひとつ、ハートのアイコンに触《ふ》れた。

「フラッシュ・ボム！」

声《こえ》とともに、薄暗《うすぐら》かった部屋中《へやじゅう》がまぶしい光《ひかり》に包《つつ》まれる。

「！」

メイドさんがひるんだ隙《すき》に、アリスは背中《せなか》に回《まわ》り込《こ》んで、扉《とびら》のノブに手《て》をかけた。

扉《とびら》を開《ひら》くと、そこにいたのはラクダのハッサンである。

「──みなさん」

アリスは電話《でんわ》でＰ《ピー》・Ｐ《ピー》・ジュニアとシャーリーを呼《よ》んだ。


「さてと、説明《せつめい》をしてもらいましょうか？」

Ｐ《ピー》・Ｐ《ピー》・ジュニアは、ローズとメイドさんに向《む》かってクチバシを開《ひら》いた。

動《うご》かぬ証拠《しょうこ》──動《うご》くけど──のハッサンを突《つ》きつけられたメイドさんとローズは、気《き》まずそうな顔《かお》でアリスたちの前《まえ》に立《た》っていた。

「暴夜君《あらびやくん》はどこなの!?」

塔子《とうこ》がふたりを問《と》いつめる。

「し、知《し》らないわよ」

ローズはあくまでも白《しら》を切《き》った。

「では、このハッサンは？」

と、シャーリー。

「ええっと……そう！　きっと野良《のら》ラクダね！　勝手《かって》に迷《まよ》い込《こ》んだのよ！」

ローズに野良《のら》ラクダと言《い》われたハッサンは、傷《きず》ついたような顔《かお》になった。

「その、騎士君《ないとくん》だったかしら？　彼《かれ》が事件《じけん》に巻《ま》き込《こ》まれたとは限《かぎ》らないでしょ？」

メイドさんが主張《しゅちょう》する。

「何《なに》か事情《じじょう》があって、自分《じぶん》で姿《すがた》を消《け》したのかも？　きっとそうよ」

そんなメイドさんを、アリスはじっと見《み》つめた。

(きれいだけど――初対面《しょたいめん》ではない？)

アリスはそう感《かん》じた。

アリスは一度《いちど》見《み》たものは決《けっ》して忘《わす》れないのである。

これだけの記憶力《きおくりょく》があれば、学校《がっこう》の勉強《べんきょう》に生《い》かせそうなものだが、現実《げんじつ》にはそう簡単《かんたん》にはいかない。確《たし》かに見《み》たものは忘《わす》れないが、黒板《こくばん》に書《か》かれたことを全部覚《ぜんぶおぼ》えたとしても、覚《おぼ》えたものを理解《りかい》できるかどうかは別《べつ》の話《はなし》なのだ。

（もう少《すこ》しで答《こた》えが見《み》えそうな）

普段《ふだん》ならここで鏡《かがみ》の国《くに》へ行《い》き、ゆっくり推理《すいり》をまとめるところなのだけど。

（……メイドさんはどうして、騎士君《ないとくん》と？）

塔子《とうこ》は暴夜君《あらびやくん》と呼《よ》んでいた。

誰《だれ》も騎士君《ないとくん》とは呼《よ》んでいないはずである。

そう気《き》づいた瞬間《しゅんかん》、パズルのピースはすべて、収《おさ》まるところに収《おさ》まった。

「ししょ〜、メイドさんたちの楽屋《がくや》にスポンジとメイク落《お》としがあるはずです」

アリスは頼《たの》んだ。

「任《まか》せなさい」

P《ピー》・P《ピー》・ジュニアは駆《か》け足《あし》で楽屋《がくや》に向《む》かう。

少《すこ》しして戻《もど》ってきたP《ピー》・P《ピー》・ジュニアのヒレには、確《たし》かにスポンジとメイク落《お》としの瓶《びん》があった。

「こんな簡単《かんたん》なことだったとは」

アリスはスポンジにメイク落《お》としを染《し》み込《こ》ませると、それをメイドさんの顔《かお》に持《も》っていってゴシゴシとこすった。

すると——。

「や、やあ」

現《あらわ》れたのは騎士《ないと》の顔《かお》だった。

メイクを落《お》とされた騎士《ないと》は強《こわ》ばった顔《かお》で、塔子《とうこ》に挨拶《あいさつ》する。

「……………え？　暴夜《あらびや》、君《くん》？」

口調《くちょう》を元《もと》に戻《もど》したので、塔子《とうこ》もメイドさんが騎士《ないと》だったことに気《き》がつく。

「説明《せつめい》してちょうだい。どういうことなの？」

シャーリーが腕《うで》組《ぐ》みをして騎士《ないと》を見《み》る。

「それがさ——」

騎士《ないと》は観念《かんねん》したのか、すべてを告白《こくはく》した。

「うちのアンティーク・ショップ、赤字続《あかじつづ》きでこのままじゃ家賃《やちん》を払《はら》えなくて追《お》い出《だ》されちゃいそうなんだよ」

「お客《きゃく》さんが来《き》ていないのは聞《き》いていたけど、それほど？」

塔子《とうこ》が眉《まゆ》をひそめる。

「うん、日本各地《にほんかくち》を回《まわ》って素晴《すば》らしい骨董品《こっとうひん》をどんどん仕入《しい》れてるのに、この3か月《げつ》で売《う》れたのはたったふたつだけ！　それも一番安《いちばんやす》い置物《おきもの》のカエル！」

騎士《ないと》は嘆《なげ》いた。

「あなたの実家《じっか》は中東《ちゅうとう》の王族《おうぞく》で大富豪《だいふごう》だと聞《き》いたけど？」

そう尋《たず》ねたシャーリーは、あきれたような表情《ひょうじょう》を浮《う》かべている。

「実家《じっか》になんか頼《たよ》れないよ。大商人《だいしょうにん》になるまで帰《かえ》らないって言《い》って出《で》てきたんだし」

「この計画性《けいかくせい》のなさ。家賃《やちん》、払《はら》えないのも当然《とうぜん》ですね」

と、P《ピー》・P《ピー》・ジュニア。

「ごもっともです《インディード》」

アリスも頷《うなず》くしかない。

「だから、食費《しょくひ》を削《けず》って何《なん》とか頑張《がんば》ってたんだけど」

騎士《ないと》はうなだれる。

「ちょうどここの前《まえ》を通《とお》りかかった時《とき》に、僕《ぼく》とハッサンは空腹《くうふく》のあまり、気《き》を失《うしな》って倒《たお》れてしまってね。通《とお》りかかったミス・ローズが僕《ぼく》らを助《たす》けて、事情《じじょう》を聞《き》いてくれたんだ」

「この子《こ》たち、かわいそうでしょ〜」

ローズはエプロンで涙《なみだ》をぬぐう。

「あたし同情《どうじょう》しちゃって、ここで雇《やと》ってあげることにしたの。そうすれば食《た》べるのには困《こま》らないし、少《すこ》しは生活費《せいかつひ》の足《た》しにもなるでしょ？」

「うにゅ、ここの『るんるんオムライス』は最高《さいこう》ですからね」

P《ピー》・P《ピー》・ジュニアはクチバシを縦《たて》に振《ふ》る。

「でも、学校《がっこう》に来《こ》なくなったのは何故《なぜ》なの？」

塔子《とうこ》は聞《き》いた。

「そ、それが——」

と、答《こた》えに詰《つ》まる騎士《ないと》に代《か》わり、ローズが答《こた》える。

「騎士君《ないとくん》、人気《にんき》が出《で》ちゃってねえ。彼目当《かれめあ》てのお客《きゃく》さんが殺到《さっとう》しちゃったから——」

「あははは、家《いえ》に帰《かえ》るヒマが……」

騎士《ないと》は頭《あたま》をかいた。

「で、ハッサンに『オアシス』の店番《みせばん》を任《まか》せ、ずっとこっちで暮《く》らしていた、と？」

P《ピー》・P《ピー》・ジュニアは、開《あ》いたクチバシがふさがらない、という顔《かお》だ。

「僕《ぼく》の部屋《へや》、あそこにあるんだよ」

騎士《ないと》はさっき出《で》てきた奥《おく》の扉《とびら》を指《ゆび》さした。

「頭《あたま》、痛《いた》いわね」

シャーリーはこめかみを押《お》さえる。

「ところで、この床《ゆか》の血《ち》は～？」

P《ピー》・P《ピー》・ジュニアは赤《あか》い染《し》みをヒレで示《しめ》した。

「こぼれちゃったケチャップだよ。ここ、倉庫《そうこ》にもなってるんだ」

「……なるほど」

アリスがそばにあった段《だん》ボール箱《ばこ》を開《あ》けてみると、そこにはケチャップのチューブがたくさん入《はい》っていた。

「ああん、彼《かれ》を責《せ》めないで！」

ローズが騎士《ないと》を抱《だ》きしめる。

「誰《だれ》も相談《そうだん》できる人《ひと》がいないと思《おも》って、ひとりで悩《なや》んでいたんだから〜」

「……ケチャップのチューブ、ある？」

塔子《とうこ》はアリスの方《ほう》に手《て》を差《さ》し出《だ》した。

「ここにございますです、はい」

逆《さか》らうのは賢明《けんめい》ではないと思《おも》ったアリスは、ケチャップのチューブをサッと渡《わた》す。

「暴夜君《あらびやくん》」

「はい」

ブチュ〜！

塔子《とうこ》は返答《へんとう》のあった方向《ほうこう》にチューブの先《さき》を向《む》けて、思《おも》い切《き》り絞《しぼ》った。

「わわわわ〜っ！」

騎士《ないと》の顔《かお》が真《ま》っ赤《か》に染《そ》まる。

「馬鹿《ばか》！　どれだけみんなを心配《しんぱい》させれば気《き》が済《す》むの⁉　何《なに》が、相談《そうだん》できる人《ひと》がいないよ！」

アリスは、塔子《とうこ》が怒《おこ》っているところを初《はじ》めて目撃《もくげき》した。

「暴夜君《あらびやくん》、実《じつ》はですね」

P《ピー》・P《ピー》・ジュニアは、自分《じぶん》のスマートフォンにきているメッセージを騎士《ないと》に見《み》せた。

「あなたの捜索《そうさく》を始《はじ》めた時《とき》に、学校《がっこう》のみなさんにメッセージを送《おく》って情報《じょうほう》を求《もと》めたんです。そうしたら、すぐにこれだけのメッセージが返《かえ》ってきたんですよ」

ざっと見《み》ただけで――、

心配《しんぱい》だよ

あいつ、このまま消《き》えちゃわないよな？

いないとさびしい

何《なに》かに巻《ま》き込《こ》まれたんなら、私《わたし》も助《たす》けにいく！

私《わたし》も！

誰《だれ》かがあいつに怪《け》我《が》でもさせてたら、俺《おれ》がぶん殴《なぐ》る！

メッセージの数《かず》は40を超《こ》えていた。

「……こんなにみんな、心配《しんぱい》を」

騎士《ないと》の声《こえ》が震《ふる》える。

「当然《とうぜん》でしょう？」

ローズが騎士《ないと》の肩《かた》に手《て》を置《お》いた。

「これで分《わ》かったわよね？　誰《だれ》も心配《しんぱい》してくれる人《ひと》がいない、な〜んてことは絶《ぜ》〜っ対《たい》にないの。どんなにひとりぼっちでも、どこかで誰《だれ》かが気《き》にかけてくれてるものなのよ」

「分《わ》かった。明日学校《あしたがっこう》に行《い》って、みんなに謝《あやま》る」

騎士《ないと》はローズを見上《みあ》げてそう誓《ちか》う。

「それがいいです」

謝《あやま》ったあとに袋叩《ふくろだた》きになるかも、とアリスは思《おも》ったが、そこは黙《だま》っていることにした。


『ラヴリ〜ンの館《やかた》』を出《で》ると、もう西《にし》の空《そら》が茜色《あかねいろ》に染《そ》まり始《はじ》めていた。

「さすがね、アリス・リドル。あの見事《みごと》なひとり二役《ふたやく》を見抜《みぬ》くなんて。もっとも、私《わたし》だって暴夜君《あらびやくん》の顔《かお》を前《まえ》から知《し》っていたなら、簡単《かんたん》に気《き》がついたでしょうけど」

シャーリーはアリスに言《い》った。たぶん、ほめているのだろう。

「あのさ」

騎士《ないと》が塔子《とうこ》に声《こえ》をかける。

「僕《ぼく》を心配《しんぱい》してくれたみんなの中《なか》に、塔子《とうこ》さんも入《はい》っていたりする？」

塔子《とうこ》は答《こた》えず、アリスやシャーリーを振《ふ》り返《かえ》る。

「それじゃ、私《わたし》は帰《かえ》るね。ありがとう、名探偵《めいたんてい》さんたち」

まるでそこに騎士《ないと》なんて存在《そんざい》しないかのように、塔子《とうこ》はトビイとともにさっさと帰っていく。

「待《ま》ってください、送《おく》りますよ～」

P《ピー》・P《ピー》・ジュニアはそのあとを追《お》いかける。

「塔子《とうこ》さ～ん！」

騎士《ないと》の悲痛《ひつう》な叫《さけ》び声《ごえ》が、夕焼《ゆうや》けの空《そら》に響《ひび》きわたった。

「自業自得《じごうじとく》、と日本語《にほんご》では言《い》うのよね」

シャーリーは腕組《うでぐ》みをして鼻《はな》を鳴《な》らす。

「正解《コレクト》です」

アリスもまったく同感《どうかん》だった。

ファイル・ナンバー 2

京都《きょうと》の休日《きゅうじつ》

昔《むかし》むかし、山《やま》に踏《ふ》み入《い》り、竹《たけ》を取《と》って暮《く》らしているおじいさんがいました。ある日《ひ》、おじいさんは竹林《たけばやし》の中《なか》で、根本《ねもと》が光《ひか》っている竹《たけ》を見《み》つけました。

その竹《たけ》をのぞき込《こ》んでみると、中《なか》には小《ちい》さな小《ちい》さな女《おんな》の子《こ》がひとり、座《すわ》っていました。

おじいさんは女《おんな》の子《こ》を連《つ》れ帰《かえ》り、かぐや姫《ひめ》と名《な》づけおばあさんと一緒《いっしょ》に大切《たいせつ》に育《そだ》てました。

かぐや姫《ひめ》はたいそう美《うつく》しく成長《せいちょう》したのでいつしか都《みやこ》でも噂《うわさ》になり、身分《みぶん》の高《たか》い方々《かたがた》が何《なん》人《にん》も姫《ひめ》をめとろうと、おじいさんのもとを訪《おとず》れるようになりました。

ですが、ある時《とき》——。

「何《なん》なの、このクレージーな混《こ》み具合《ぐあい》！」

シャーリー・ホームズの声《こえ》は、怒《いか》りのあまり震《ふる》えていた。

見渡《みわた》す限《かぎ》り、観光客《かんこうきゃく》。

国外《こくがい》からの団体《だんたい》や、修学旅行《しゅうがくりょこう》の中学生《ちゅうがくせい》や高校生《こうこうせい》に、アリスたちは文字通《もじどお》りモミクチャにされていた。

「有名《ゆうめい》な観光地《かんこうち》に来《く》れば、こんなものです」

と、返《かえ》したのはアリスの頭《あたま》の上《うえ》に乗《の》り、観光案内《かんこうあんない》を広《ひろ》げているP《ピー》・P《ピー》・ジュニアである。

「せっかく日本《にほん》に来《き》たんだから京都《きょうと》が見《み》たい、な〜んて言《い》い出《だ》すあなたが悪《わる》いんですよ〜」

「何《なん》ですって〜っ！」

シャーリーは、土産物店《みやげものてん》の店先《みせさき》に並《なら》んでいる木刀《ぼくとう》を思《おも》わずつかむ。

アリスとP《ピー》・P《ピー》・ジュニア、そしてシャーリーが今《いま》いる場所《ばしょ》。

それは、清水寺《きよみずでら》へと続《つづ》く参道《さんどう》である。

シャーリーにせがまれたアリスたちは、連休《れんきゅう》を生《い》かして白瀬市《しらせし》を離《はな》れ、こうして京都《きょうと》にやってきているのだ。

「京都《きょうと》は観光都市《かんこうとし》。清水寺《きよみずでら》といえば、その中《なか》でも大人気《だいにんき》のスポットですからね〜」

「響君《ひびきくん》も来《き》たがっていたのに残念《ざんねん》です」

と、ちょっと落《お》ち込《こ》んでいるアリス。

あいにくと、琉生《るい》は『ミステリー・プリンス』の撮影《さつえい》が入《はい》っていて、今《いま》は東京《とうきょう》である。

「京都《きょうと》くんだりまで来《き》て、探偵《たんてい》シュヴァリエと一緒《いっしょ》なんて、絶《ぜ》〜っ対《たい》にごめんです！」

P《ピー》・P《ピー》・ジュニアは両《りょう》ヒレで×印《バツじるし》を作《つく》る。

「ねえ、ここ、有名《ゆうめい》なお寺《てら》らしいけど。アリス、説明《せつめい》してくれる？」

赤《あか》く派手《はで》な仁王門《におうもん》をくぐり、山《やま》の斜面《しゃめん》にある本道《ほんどう》を目指《めざ》しながら、シャーリーはアリスを振《ふ》り返《かえ》った。

「お任《まか》せを。ええっと——」

アリスはスマートフォンを取《と》り出《だ》して、今朝《けさ》、計太《けいた》から送《おく》ってもらった京都観光情報《きょうとかんこうじょうほう》を読《よ》み上《あ》げる。

「しみず……じゃなくて清水寺《きよみずでら》。建《た》てられたのは8世紀《せいき》の終《お》わり頃《ごろ》。『清水《きよみず》の舞台《ぶたい》から飛《と》び降《お》りるような』という言《い》い回《まわ》しでよく知《し》られているそうです」

「意味《いみ》は？」

と、シャーリー。

「……………飛《と》び降《お》り自殺《じさつ》は痛《いた》い？」

計太《けいた》の情報《じょうほう》に、意味《いみ》までは書《か》いていなかった。

ちなみに。

本当《ほんとう》は、重大《じゅうだい》な決意《けつい》をして何《なに》かをやろうとする時《とき》に使《つか》う言葉《ことば》である。

「あと、この本堂《ほんどう》は——」

ちょうど本堂《ほんどう》に入《はい》ったので、アリスはごまかすように棒読《ぼうよ》みを続《つづ》ける。

「江戸時代《えどじだい》の初《はじ》めに再建《さいけん》されたもの。『舞台《ぶたい》』と呼《よ》ばれるせり出《だ》した部分《ぶぶん》には、ケヤキの柱《はしら》が139本《ほん》使《つか》われていると伝《つた》えられ、釘《くぎ》を1本《ぽん》も使《つか》っていないことが有名《ゆうめい》ですよ、ゆうじゅちゅさん」

勢《いきお》い余《あま》ってメッセージの『夕星《ゆうずつ》さん』の部分《ぶぶん》まで読《よ》んでしまった。

しかも、噛《か》んだ。

「400年近《ねんちか》く前《まえ》に建《た》てられた木造建築《もくぞうけんちく》で、釘《くぎ》も使《つか》ってない。……いつ崩《くず》れてもおかしくないわね」

『舞台《ぶたい》』から身《み》を乗《の》り出《だ》し、シャーリーは真剣《しんけん》な表情《ひょうじょう》でつぶやく。

「ピキ〜ッ！　そういうこと言《い》うんじゃありません！」

P《ピー》・P《ピー》・ジュニアの顔《かお》が——もともと青《あお》いけど——真《ま》っ青《さお》になる。

「でも、一理《いちり》あります」

アリスもちょっと怖《こわ》くなり、舞台《ぶたい》から離《はな》れるように後《あと》ずさった。

「……あ」

アリスの背中《せなか》が、誰《だれ》かにぶつかった。

「ごめんなさ——」

アリスは振《ふ》り返《かえ》って、ぺこりと頭《あたま》を下《さ》げる。

すると。

「げっ！」

相手《あいて》は変《へん》な声《こえ》を上《あ》げた。

具体的《ぐたいてき》にどんな声《こえ》かというと、ここでは絶対《ぜったい》に会《あ》いたくない相手《あいて》に会《あ》ってしまった時《とき》に上《あ》げるような声《こえ》だ。

「ほへ？」

アリスが顔《かお》を上《あ》げると、そこに立《た》っていたのはよく知《し》っている男《おとこ》の子《こ》だった。

「よ、よお」

サングラスをしているが、間違《まちが》いない。

強《こわ》ばった笑《え》みを浮《う》かべて挨拶《あいさつ》したのは、ウィル・グリム。

犯罪《はんざい》の計画《けいかく》を立《た》てて、それを世界中《せかいじゅう》の犯罪者《はんざいしゃ》に売《う》る犯罪《はんざい》コンサルタント、グリム・ブラザーズの弟《おとうと》の方《ほう》で、アリスやP《ピー》・P《ピー》・ジュニアとは何度《なんど》も戦《たたか》ったり、たまに手《て》を組《く》んだりしたことのある相手《あいて》である。

「何《なん》でお前《まえ》らが京都《きょうと》にいるんだよ？」

サングラスを外《はず》しながら、ウィルはアリスを問《と》い詰《つ》めた。

「何《なん》でとおっしゃられましても……」

アリスは長《なが》い説明《せつめい》が苦手《にがて》である。

「ピキ～ッ！　それはこちらの台詞《せりふ》ですよ！」

P《ピー》・P《ピー》・ジュニアがウィルに気《き》がつき、ペタペタとこちらにやってきた。

「俺《おれ》は付《つ》き添《そ》いだ。どこぞの新米教師《しんまいきょうし》が、修学旅行《しゅうがくりょこう》の下見《したみ》にこっちに来《く》ることになってな」

ウィルは言《い》い返《かえ》す。

「教師《きょうし》とおっしゃいますと、お兄《にい》さんの？」

と、アリスは尋《たず》ねる。

兄《あに》というのはもちろん、グリム・ブラザーズの頭脳担当《ずのうたんとう》、ジェイのことだ。

「……ああ」

ウィルは気《き》まずそうに頭《あたま》をかいた。

「うにゅ？　ジェイなんていないじゃありませんか？」

あたりを見回《みまわ》してから、P《ピー》・P《ピー》・ジュニアが疑《うたが》いの目《め》をウィルに向《む》ける。

「俺《おれ》をまいて逃《に》げたんだよ！」

ウィルは声《こえ》を荒《あら》らげた。

「あいつ、絶《ぜ》〜っ対《たい》に下見《したみ》をサボって遊《あそ》ぶ気《き》だ！」

実際《じっさい》。

その頃《ころ》、ジェイ・グリムはここからそう遠《とお》くない宮川町《みやがわちょう》で、きれいな舞妓《まいこ》さんたちに囲《かこ》まれていた。

だがまあ、それはまた別《べつ》のお話《はなし》である。

「お気《き》の毒《どく》です」

アリスは心底《しんそこ》、いつもジェイに振《ふ》り回《まわ》されっぱなしのウィルに同情《どうじょう》する。

「しかし、はぐれたお兄《にい》さんの代《か》わりに清水寺《きよみずでら》の下見《したみ》なんて、悪名高《あくめいだか》い犯罪者《はんざいしゃ》も意外《いがい》と真《ま》面目《じめ》な行動《こうどう》を取《と》るんですね〜？」

P《ピー》・P《ピー》・ジュニアは、ウィルをからかうようにニュフフフ〜と笑《わら》った。

「お前《まえ》な、それ、すっげえ嫌味《いやみ》だから止《や》めてくれ」

ウィルは肩《かた》を落《お》とすと、自分《じぶん》をにらんでいるシャーリーに気《き》がついた。

「で、そっちは見《み》ない顔《かお》だな？」

「……そっちは私《わたし》を知《し》らなかったかも知《し》れないけれど、あなたの顔《かお》、私《わたし》は知《し》っているわ」

シャーリーはひと呼吸置《こきゅうお》いてから口《くち》を開《ひら》いた。

「ほう？」

ウィルは目《め》を細《ほそ》めた。

「私《わたし》のここは――」

シャーリーは自分《じぶん》のこめかみのあたりを軽《かる》く指《ゆび》で叩《たた》くと、いきなりウィルに飛《と》びかかった。

「国際手配《こくさいてはい》の犯罪者《はんざいしゃ》のほとんどの顔《かお》を覚《おぼ》えているのよ、ウィルヘルム・グリムさん。国際刑事警察機構《インターポール》の指名手配《しめいてはい》リスト第《だい》1位《い》！　あなたを捕《とら》えられるなら、日本《にほん》まで来《き》たかいがあるというものね！」

「おいおい、顔《かお》が似《に》てるってだけで、関係《かんけい》ない一般市民《いっぱんしみん》を捕《つか》まえるのか？」

半歩下《はんぽさ》がって手錠《てじょう》をかわしたウィルは、ウインクしてシャーリーをからかった。

「一般市民《いっぱんしみん》？　白々《しらじら》しい！」

シャーリーはあきらめずに取《と》り押《お》さえようとするが、ウィルはダンスのようなステップでかわし続《つづ》ける。

「待《ま》って」

と、間《あいだ》に入《はい》ったのはアリスだった。

「シャーリーさん。この人《ひと》を捕《つか》まえても、今《いま》は証拠《しょうこ》がありません」

「証拠《しょうこ》⁉」

息《いき》を切《き》らしたシャーリーはアリスを振《ふ》り返《かえ》る。

「ええ。指紋《しもん》やDNA《ディーエヌエー》、グリム・ブラザーズは世界中《せかいじゅう》の警察《けいさつ》に残《のこ》っていた記録《きろく》をすべて書《か》き換《か》えて、自分《じぶん》たちが存在《そんざい》する証拠《しょうこ》を全部消《ぜんぶけ》したんですよ。だから、警察《けいさつ》に連《つ》れていってもすぐに保釈《ほしゃく》です」

P《ピー》・P《ピー》・ジュニアが説明《せつめい》し、ウィルを見上《みあ》げる。

「今《いま》の名前《なまえ》は、ウィリアム・H《エイチ》・ボニイ、でしたね？」

「ああ、俺《おれ》は森之奥高校《もりのおくこうこう》の留学生《りゅうがくせい》、ウィリアムさ」

ウィルはジャケットの内《うち》ポケットから学生証《がくせいしょう》を取《と》り出《だ》して、シャーリーの鼻先《はなさき》に突《つ》きつけた。

「そのグリム・ブラザーズとやらは、この世《よ》に存在《そんざい》しない。単《たん》なる犯罪界《はんざいかい》のおとぎ話《ばなし》ってことだ」

「……くっ！」

シャーリーは唇《くちびる》を噛《か》んだ。

「ここはあきらめましょう、シャーリーさん」

アリスはそっとシャーリーの腕《うで》に触《ふ》れる。

「でもいつかシッポをつかんで見《み》せますよ」

P《ピー》・P《ピー》・ジュニアは、ビシッと右《みぎ》のヒレをウィルに向《む》けて宣言《せんげん》した。

「まあ、頑張《がんば》れよ」

ウィルは苦笑《くしょう》して、P《ピー》・P《ピー》・ジュニアの頭《あたま》を軽《かる》く撫《な》でようとしたが——。

「馴《な》れ合《あ》いはごめんです！」

P《ピー》・P《ピー》・ジュニアは、ヒラリとウィルの手《て》をかわした。

——かわしたのだが。

かわした先《さき》に、床《ゆか》がなかった。

「ピキ〜ッ！」

勢《いきお》い余《あま》って清水《きよみず》の『舞台《ぶたい》』から飛《と》び出《だ》したP《ピー》・P《ピー》・ジュニアは、どこまでも坂《さか》を転《ころ》がってゆくのであった。

30分後《ぷんご》。

「だ〜か〜ら〜、そもそも俺《おれ》が悪《わる》いんじゃないだろが？　機嫌直《きげんなお》せよ」

産寧坂《さんねいざか》の土産物屋《みやげものや》で買《か》った抹茶《まっちゃ》ソフトクリームをP《ピー》・P《ピー》・ジュニアに差《さ》し出《だ》しながら、ウィルは苦笑《くしょう》を浮《う》かべていた。

「こんなものひとつじゃ、私《わたし》のデリケ〜トなご機嫌《きげん》は直《なお》りませんよ！」

全身《ぜんしん》に包帯《ほうたい》を巻《ま》かれたP《ピー》・P《ピー》・ジュニアは、プイッと横《よこ》を向《む》きながらも、抹茶《まっちゃ》ソフトクリームだけはしっかり受《う》け取《と》る。

「祇園《ぎおん》で高級懐石料理《こうきゅうかいせきりょうり》、おごってやるから」

ウィルは「高級《こうきゅう》」という部分《ぶぶん》を強調《きょうちょう》した。

「直《なお》りました〜」

P《ピー》・P《ピー》・ジュニアはあっさりと頬《ほお》をゆるめた。

「ししょ〜、食《く》い意地《いじ》が……」

アリスは軽《かる》い頭痛《ずつう》を覚《おぼ》える。

「情《なさ》けない。探偵《たんてい》が悪人《あくにん》におごってもらうなんて」

右隣《みぎどなり》を歩《ある》くシャーリーも、首《くび》を左右《さゆう》に振《ふ》った。

「せっかくだから、一緒《いっしょ》に京都巡《きょうとめぐ》りをしましょうよ〜。次《つぎ》は錦市場《にしきいちば》なんてどうです？　おいしいものがたくさんあるそうですよ〜」

妙《みょう》に馴々《なれなれ》しくなったP《ピー》・P《ピー》・ジュニアは、ウィルの袖《そで》を引《ひ》っ張《ぱ》りながら、よだれをすする。

「アリス、観光《かんこう》スポットの情報《じょうほう》は？」

「ええとですね」

シャーリーに促《うなが》され、アリスは計太《けいた》に送《おく》ってもらった京都観光情報《きょうとかんこうじょうほう》を開《ひら》いた。

「……京都《きょうと》では、ウナ丼《どん》のことをマムシと呼《よ》ぶそうです」

「ど〜でもいいでしょ、そんなこと！　ていうか、おいしいお店《みせ》の情報《じょうほう》とかはないの!?」

それでなくても人混《ひとご》みにイライラしているシャーリーの声《こえ》が、１オクターブ高《たか》くなる。

「ええっと――」

アリスは膨大《ぼうだい》な量《りょう》の京都観光情報《きょうとかんこうじょうほう》に目《め》を通《とお》す。

（京都《きょうと》の地図《ちず》を見《み》ると、左《ひだり》が右京区《うきょうく》で右《みぎ》が左京区《さきょうく》）

この豆知識《まめちしき》は、今《いま》はいらない。

（京都市内《きょうとしない》にある西院駅《さいいんえき》。同《おな》じ駅《えき》なのに阪急電鉄京都線《はんきゅうでんてつきょうとせん》では「さいいん」、京福電鉄嵐山《きょうふくでんてつあらしやま》本線《ほんせん》では「さい」で読《よ》み方《かた》が違《ちが》う）

これも関係《かんけい》ない。

（オススメ、オススメ——）

計太《けいた》の解説《かいせつ》はやたらくわしくて長《なが》かった。だから、探《さが》したいものがなかなか見《み》つからない。

「……おばあさんが値段《ねだん》もお手頃《てごろ》でオススメ、とあります」

やっとたどり着《つ》いたグルメのページには、そう書《か》いてあった。

とはいえ、おばあさんを食《た》べるのはアリスとしては遠慮《えんりょ》したいところだ。

「おばあさんじゃなくて『おばんざい』でしょ！」

と、すかさず返《かえ》したシャーリーの方《ほう》が、よほど京都《きょうと》のことを知《し》っているようである。

ちなみに、「おばんざい」とは、応援《おうえん》していたチームが勝《か》った時《とき》に両手《りょうて》を上《あ》げるバンザ～イとは何《なん》の関係《かんけい》もない。京都《きょうと》の伝統的《でんとうてき》なお総菜《そうざい》のことだ。

「お前《まえ》って、世界《せかい》チャンピオン級《きゅう》の京都《きょうと》オンチだよな」

このチャンピオンはうれしくない。

ウィルに冷《ひ》ややかに指摘《してき》され、アリスが落《お》ち込《こ》みかけたその時《とき》。

「うにゅ？」

P《ピー》・P《ピー》・ジュニアが急《きゅう》に足《あし》を止《と》めた。

「？」

アリスがP《ピー》・P《ピー》・ジュニアの視線《しせん》の方向《ほうこう》に目《め》をやると、そこには黒服《くろふく》に身《み》を包《つつ》んだ男《おとこ》たちと、彼《かれ》らに囲《かこ》まれた女《おんな》の子《こ》の姿《すがた》があった。

女《おんな》の子《こ》はアリスよりも少《すこ》し歳上《としうえ》だろうか？

銀《ぎん》と金《きん》の中間《ちゅうかん》ぐらいの色《いろ》の髪《かみ》を長《なが》く伸《の》ばしていて、瞳《ひとみ》は印象的《いんしょうてき》な紫色《むらさきいろ》だ。

「こら、動《うご》くな！」

男《おとこ》のひとりが女《おんな》の子《こ》の手《て》をつかむと、女《おんな》の子《こ》は逃《に》げようとして体《からだ》をよじる。

「……あの子《こ》、お知《し》り合《あ》いですか？」

アリスはP《ピー》・P《ピー》・ジュニアに質問《しつもん》する。

「まさか？　……でも、あまり面白《おもしろ》くないことになってることは確《たし》かですね」

P《ピー》・P《ピー》・ジュニアは声《こえ》をひそめた。

「いい加減《かげん》におとなしくしろ！」

男《おとこ》は嫌《いや》がる女《おんな》の子《こ》を、乱暴《らんぼう》に抱《かか》え上《あ》げようとする。

これを見《み》て、真《ま》っ先《さき》に動《うご》いたのはシャーリーだった。

「おとなしくしろですって⁉　それはこっちの台詞《せりふ》よ！」

シャーリーが男《おとこ》の手《て》を払《はら》い、その頭《あたま》に回《まわ》し蹴《げ》りを食《く》らわせた。

「な、何者《なにもの》だ！」

男《おとこ》が倒《たお》れると、その仲間《なかま》たちがシャーリーを囲《かこ》む。

「それもこっちの台詞《せりふ》だな」

ウィルが男《おとこ》のひとりの肩《かた》をポンと叩《たた》き、振《ふ》り返《かえ》ったところであごにパンチをめり込《こ》ませた。

「関係《かんけい》ない連中《れんちゅう》は引《ひ》っ込《こ》んでいろ！」

別《べつ》の男《おとこ》が隠《かく》し持《も》っていた銃《じゅう》を抜《ぬ》いた。

「危《あぶ》ない！」

シャーリーがアリスの首根《くびね》っこをつかんで、とっさに地面《じめん》に伏《ふ》せる。

一瞬後《いっしゅんご》、アリスの金髪《きんぱつ》のすぐ上《うえ》を銃弾《じゅうだん》がかすめた。

ボ〜ッと立《た》ち続《つづ》けていたら、頭《あたま》に命中《めいちゅう》していたところである。

伏《ふ》せた拍子《ひょうし》に鼻《はな》を地面《じめん》にぶつけたけれど、文句《もんく》は言《い》えない。

「きゃあ！」

「何《なん》だ何《なん》だっ⁉」

銃声《じゅうせい》に驚《おどろ》いて、近《ちか》くにいた観光客《かんこうきゃく》たちが逃《に》げようとする。もともとごった返《がえ》していたし、みんなどの方向《ほうこう》に逃《に》げればいいのか分《わ》からないので、あたりは大混乱《だいこんらん》だ。

「この俺《おれ》に銃《じゅう》を向《む》けるとはいい度胸《どきょう》だな」

ウィルは反撃《はんげき》しようと、ジャケットの内《うち》ポケットに隠《かく》していた銃《じゅう》を抜《ぬ》いた。

「ピキ〜ッ！　ダメでしょ、こんな人混《ひとご》みで発砲《はっぽう》したら！　関係《かんけい》ない人《ひと》に当《あ》たったらどうするんです!?」

P《ピー》・P《ピー》・ジュニアがあわてて、ウィルと男《おとこ》たちの間《あいだ》に割《わ》って入《はい》る。

「先《さき》に撃《う》ったのはあっちだろうが！　それにな、俺《おれ》は狙《ねら》った的《まと》は外《はず》さねえよ！」

ウィルはP《ピー》・P《ピー》・ジュニアを踏《ふ》んづけて、引《ひ》き金《がね》を引《ひ》こうとする。

「撃《う》ったら大騒《おおさわ》ぎになって、警察《けいさつ》が来《き》ますよ～、TV《テレビ》が来《き》てニュースにも流《なが》れますよ～、そしたら、ジェイにからかわれること、間違《まちが》いなしですよ～」

P《ピー》・P《ピー》・ジュニアは踏《ふ》んづけられたまま、必死《ひっし》に訴《うった》える。

「……ちっ」

ウィルは銃《じゅう》を内《うち》ポケットに戻《もど》した。だが、ウィルが殴《なぐ》り倒《たお》した男《おとこ》の仲間《なかま》たちは、お構《かま》いなしに撃《う》ち続《つづ》ける。

「あの娘《むすめ》以外《いがい》は始末《しまつ》しろ！」

と、男《おとこ》たち。

看板《かんばん》に穴《あな》が開《あ》き、店頭《てんとう》に並《なら》べられたお菓子《かし》の詰《つ》め合《あ》わせが吹《ふ》き飛《と》び、清水焼《きよみずやき》の湯《ゆ》飲《の》みが割《わ》れ、自動販売機《じどうはんばいき》が白《しろ》い煙《けむり》を上《あ》げる。自分《じぶん》たちが狙《ねら》われているのでなければ、アクション映画《えいが》の撮影《さつえい》と勘違《かんちが》いしているところだ。

「これはまずい状況《じょうきょう》では？」

頭《あたま》を抱《かか》えてしゃがみ込《こ》んだアリスは、シャーリーに聞《き》いた。

「珍《めずら》しく意見《いけん》が合《あ》ったわね」

シャーリーは頷《うなず》き、ジリジリと後《あと》ずさる。

「撃《う》ち返《かえ》せないんなら、できることはただひとつ。逃《に》げるだけだ！　来《こ》い！」

ウィルは女《おんな》の子《こ》の腕《うで》をつかむと、男《おとこ》たちに背《せ》を向《む》けて走《はし》り出《だ》す。

「探偵《たんてい》が犯罪者《はんざいしゃ》みたいに逃《に》げ回《まわ》るなんて！」

「撃《う》たれるよりはマシかと」

「同感《どうかん》ですね〜」

ふたりと1羽《わ》もウィルに続《つづ》いた。


「つ、疲《つか》れました」

どこをどう走《はし》ったかは覚《おぼ》えていないが、アリスたちは裏通《うらどお》りをジグザグに走《はし》っているうちに、何《なん》とか黒服《くろふく》の男《おとこ》たちをまくことに成功《せいこう》していた。

アリスとしては、もう一生分《いっしょうぶん》走《はし》った感《かん》じだ。

「ここまで来《く》れば大丈夫《だいじょうぶ》ね」

あたりの様子《ようす》をうかがいながら、シャーリーはホッと息《いき》をつく。

スマートフォンのGPS《ジーピーエス》によると、現在位置《げんざいいち》は五条《ごじょう》の橋《はし》の近《ちか》くである。

「ほんまおおきに」

女《おんな》の子《こ》はアリスたちにペコリと頭《あたま》を下《さ》げた。

「ほへ？」

何語《なにご》で話《はな》しかけようかと考《かんが》えていたのに、いきなり京言葉《きょうことば》がきたものだから、アリスは固《かた》まる。

ちなみに。

「ほんまおおきに」という言葉《ことば》は、本間《ほんま》さんとも大木《おおき》さんともあまり関係《かんけい》がない。ありがとうの意味《いみ》である。

「あの、そろそろお手《て》を……」

女《おんな》の子《こ》は恥《は》ずかしそうに目《め》を伏《ふ》せる。

「お、おう」

ウィルは女《おんな》の子《こ》の腕《うで》をずっとつかんでいたことに気《き》がつき、あわてて手《て》を離《はな》した。

「ええっと、まずは名前《なまえ》だよな。名前《なまえ》、何《なん》て言《い》うんだ、お前《まえ》？」

「ウィル君《くん》、初々《ういうい》しいです」

「女《おんな》の子《こ》と話《はな》すの、慣《な》れてないんですかねえ」

アリスとP《ピー》・P《ピー》・ジュニアはヒソヒソ話《はな》す。

「うちはセレネーと申《もう》します」

女《おんな》の子《こ》は名乗《なの》った。

「うにゅ、セレネーはギリシャ神話《しんわ》の月《つき》の女神《めがみ》の名前《なまえ》ですよ」

P《ピー》・P《ピー》・ジュニアがアリスに説明《せつめい》する。

「はい。何《なん》でしたら『かぐや姫《ひめ》』と呼《よ》んでくだはっても――」

「呼《よ》ばねえよ！」

ニッコリ笑顔《えがお》を見《み》せたセレネーの言葉《ことば》を、ウィルが途中《とちゅう》でさえぎる。

「……あなた、アリキア王国《おうこく》の王女《おうじょ》、でしょ？」

シャーリーが、じっと女《おんな》の子《こ》を見《み》つめて言《い》った。

「よう分《わ》かりはりましたなあ」

セレネーは胸《むね》の前《まえ》で手《て》を合《あ》わせる。

「探偵《たんてい》ですもの。世界各国《せかいかっこく》の王族《おうぞく》の名前《なまえ》と顔《かお》ぐらいは覚《おぼ》えているわよ」

シャーリーは当然《とうぜん》、というような顔《かお》をした。

「覚《おぼ》えていないと？」

そもそもアリキア王国《おうこく》という国名《こくめい》さえ初耳《はつみみ》のアリスは、恐《おそ》る恐《おそ》る尋《たず》ねる。

「探偵失格《たんていしっかく》ね」

ズバリ言《い》われたアリスは、ず〜んと落《お》ち込《こ》んだ。

「アリキアはヨーロッパの小国《しょうこく》。確《たし》か、イタリアの中《なか》にある国《くに》ですよ」

と、アリスをなぐさめるように解説《かいせつ》してくれたのはＰ《ピー》・Ｐ《ピー》・ジュニアである。

「で」

シャーリーは腕組《うでぐ》みをしてセレネーに尋《たず》ねる。

「昨日《きのう》のニュースによると、アリキア王国《おうこく》のセレネー殿下《でんか》は日本《にほん》を親善訪問中《しんぜんほうもんちゅう》。今頃《いまごろ》、東京《とうきょう》で歓迎《かんげい》を受《う》けているはずのあなたが、どうしてここにいるのかしら？」

「京《きょう》は昔《むかし》からうちの憧《あこが》れ。どうしても、歴史《れきし》ある京《きょう》の都《みやこ》が見《み》たかったんどす」

答《こた》えるセレネーの瞳《ひとみ》は、キラキラと輝《かがや》いていた。

「御所《ごしょ》に鴨川《かもがわ》、桂離宮《かつらりきゅう》に映画村《えいがむら》。金閣《きんかく》、銀閣《ぎんかく》、天満宮《てんまんぐう》。祇園《ぎおん》、葵《あおい》、時代《じだい》の三大祭《さんだいまつり》。三千院《さんぜんいん》に醍醐寺《だいごじ》の桜《さくら》に、西《にし》と東《ひがし》の本願寺《ほんがんじ》、都《みやこ》をどりの舞妓《まいこ》はんに、東寺《とうじ》の猫《ねこ》の曲《ま》がり。日本《にほん》まできたら、見《み》ぃひん訳《わけ》にはいかん思《おも》うて」

舞妓《まいこ》さんや金閣寺《きんかくじ》ぐらいは知《し》っているけれど、「猫《ねこ》の曲《ま》がり」なんてアリスには初《はじ》めて耳《みみ》にする言葉《ことば》だ。

アリスが京都《きょうと》オンチだとすれば、セレネーはちょっとした京都《きょうと》マスターである。

「ねえ、まさか、勝手《かって》にひとりで？」

シャーリーは問《と》い詰《つ》める。

「…………へえ」

セレネーの声《こえ》が急《きゅう》に、聞《き》き取《と》れないぐらいに小《ちい》さくなった。

「あなたねえ！」

代《か》わりにシャーリーの声《こえ》が大《おお》きくなる。

「王女《おうじょ》なんだろ？　お付《つ》きの連中《れんちゅう》に京都《きょうと》が見《み》てえって言《い》やあ済《す》むこったろうが？」

ウィルもあきれ顔《がお》だ。

「日本《にほん》での予定《よてい》は秒単位《びょうたんい》できっちり決《き》められとって、変《か》えられへんのどす」

セレネーは首《くび》を横《よこ》に振《ふ》りながら唇《くちびる》を尖《とが》らせる。

「うちのしたいことなんぞ、誰《だれ》も聞《き》いてくれへん。あれやりなはれ、これやりなはればかりで、もうたくさんや。うちはこのまま誰《だれ》かの言《い》いなりで生《い》きていかなあかんの？　一生《いっしょう》に一度《いちど》でよろし、好《す》きにさせておくれやす。そう思《おも》うたら、大使館《たいしかん》を飛《と》び出《だ》しておったんどす」

「そ、そうどすか？」

アリスもつられて京言葉《きょうことば》になってしまう。

「けど、こっそり東京《とうきょう》を抜《ぬ》け出《だ》して、新幹線《しんかんせん》でここまで来《く》るんは大冒険《だいぼうけん》どしたなあ。なんせ切符《きっぷ》を買《か》うのかて、初《はじ》めてやったし」

セレネーは楽《たの》しそうに頰《ほお》をゆるませる。

「けど、何《なん》で京言葉《きょうことば》なんだよ？」

のんびりした感《かん》じの京言葉《きょうことば》とはテンポが合《あ》わせにくいのか、ウィルが顔《かお》をしかめる。

「へい。郷《ごう》に入《い》っては郷《ごう》に従《したが》え、言《い》いますやろ？　勉強《べんきょう》させてもろたんどす」

セレネーは答《こた》えた。

多少《たしょう》、怪《あや》しいところはあるものの、これだけ話《はな》せれば大《たい》したものである。

「追《お》われているのに京言葉《きょうことば》っていうのは、緊迫感《きんぱくかん》がないわね」

はあっとため息《いき》をつくシャーリー。

「まるでアリスがふたりに増《ふ》えたみたいだな」

ウィルも同意《どうい》する。

「……私《わたし》、こんなに遅《おそ》いですか？」

自分《じぶん》の方《ほう》がもう少《すこ》ししゃべるのが速《はや》いと思《おも》っていたアリスは、またもや落《お》ち込《こ》んだ。

「ところで、さっきの連中《れんちゅう》に心当《こころあ》たりはありませんか？」

P《ピー》・P《ピー》・ジュニアがセレネーに質問《しつもん》する。

「それがまあ、いろいろと覚《おぼ》えがありすぎて――」

セレネーは指折《ゆびお》り数《かぞ》え上《あ》げ始《はじ》めた。

「まずは2番目《ばんめ》の兄《にい》さんに、その部下《ぶか》さんたちでっしゃろ？　それに大臣《だいじん》のみなさんと、王国議会《おうこくぎかい》の議員《ぎいん》のみなさん、革命派《かくめいは》の人《ひと》らに、あとぉ、外国《がいこく》の大企業《だいきぎょう》の方《かた》たちや環境保護《かんきょうほご》団体《だんたい》の方々《かたがた》も怪《あや》しゅおす」

しまいには自分《じぶん》の指《ゆび》では数《かぞ》え切《き》れなくなり、アリスやシャーリーの手《て》まで借《か》りたが、まだ足《た》りない。

「――そうどすなあ、ざっと200人《にん》は心当《こころあ》たりが」

「今《いま》のところ犯人《はんにん》の特定《とくてい》は無理《むり》、と」

シャーリーは考《かんが》え込《こ》み、少《すこ》ししてから提案《ていあん》した。

「やっぱり、警察《けいさつ》に行《い》くべきね。その方《ほう》が安全《あんぜん》よ」

「それは堪忍《かんにん》どす」

セレネーは首《くび》を横《よこ》に振《ふ》る。

「下手《へた》をすると国際問題《こくさいもんだい》になりますやろ？　うち、お父《とう》はんに怒《おこ》られてしまいます」

お父《とう》はん、というのはたぶん国王《こくおう》だろう。

「お前《まえ》が勝手《かって》にフラフラと京都《きょうと》に来《こ》なきゃ、国際問題《こくさいもんだい》なんかにゃならなかったんだよ」

ウィルは容赦《ようしゃ》がない。

「それはそうどすけど」

セレネーはまた可愛《かわい》く唇《くちびる》を尖《とが》らせた。

「そなキツう言《い》わんと。も少《すこ》しこう、やわこ〜言《い》わはらしまへん？」

「もう私《わたし》たちが東京《とうきょう》の大使館《たいしかん》まで、王女様《おうじょさま》を送《おく》り届《とど》けるしかないですね」

P《ピー》・P《ピー》・ジュニアは、みんなの顔《かお》を見《み》てそう告《つ》げる。

「どこにあの黒服《くろふく》の男《おとこ》たちの仲間《なかま》がいるか分《わ》かりません。変装《へんそう》して、京都駅《きょうとえき》まで向《む》かいましょう」

「ほな、身《み》を隠《かく》しとる間《あいだ》、うちの暗号名《コードネーム》はかぐや姫《ひめ》っちゅうことで〜」

楽《たの》しそうに笑《わら》うセレネーには、全然緊張《ぜんぜんきんちょう》する様子《ようす》がない。

「ま、まあ、温室育《おんしつそだ》ちのお姫様《おんばひがさ》ですからねえ」

P《ピー》・P《ピー》・ジュニアは早《はや》くもあきらめ顔《がお》になっている。

「じゃあ、かぐやさんって呼《よ》ぶわ。で、かぐやさん。これからだけど、適当《てきとう》な場所《ばしょ》で変装《へんそう》したら、京都駅《きょうとえき》までは歩《ある》いていくわよ。電車《でんしゃ》やバスの中《なか》で撃《う》ち合《あ》いになったら、巻《ま》き添《ぞ》えになる人《ひと》が出《で》るから」

「変装《へんそう》？」

シャーリーはセレネーの、いや、かぐやの腕《うで》を取《と》る。

アリスは首《くび》をひねりながらも、シャーリーのあとに続《つづ》いた。

「どう？」

着物《きもの》をまとい、貸《か》し衣装店《いしょうてん》から出《で》てきたシャーリーは、クルリと回《まわ》って見《み》せた。

「さすがは観光地《かんこうち》。衣装《いしょう》を借《か》りられる店《みせ》がたくさんあって、助《たす》かるわ」

シャーリーはそうした貸《か》し衣装店《いしょうてん》のひとつで、みんなを和服《わふく》に着替《きが》えさせたのだ。

シャーリーは大正時代《たいしょうじだい》の女学生《じょがくせい》スタイルで、アリスの方《ほう》は舞妓《まいこ》さんの姿《すがた》。

だらりの帯《おび》に、お引《ひ》きずりという袖《そで》の長《なが》い着物《きもの》を着《き》て、「割《わ》れしのぶ」の形《かたち》に髪《かみ》を結《ゆ》い、きれいな花《はな》かんざしを挿《さ》して、足《あし》には底《そこ》の厚《あつ》い「おこぼ」をはいている。

「舞妓《まいこ》はんどすえ」

と、調子《ちょうし》に乗《の》ってシャナリシャナリと歩《ある》こうとしたアリスであったが。

草履《ぞうり》でさえ、お祭《まつ》りの時《とき》にしかはいたことがないアリスである。「おこぼ」で歩《ある》くのにはコツがいる、ということは思《おも》いも寄《よ》らない。

グキッ！

「あうう……」

早《はや》くも2歩目《ほめ》で足首《あしくび》をひねり、アリスは涙目《なみだめ》になっていた。

一方《いっぽう》。

「これは何《なん》の格好《かっこう》でしょう？」

釣《つ》り竿《ざお》をかついで、つけヒゲをつけたP《ピー》・P《ピー》・ジュニアが、アリスから借《か》りた手鏡《てかがみ》を見《み》て考《かんが》え込《こ》んでいた。

「ええっと……七福神《しちふくじん》のひとりの恵比寿《えびす》さんですね」

お店《みせ》の衣装《いしょう》のカタログと見比《みくら》べて、アリスは答《こた》える。ちなみに、釣《つ》り竿《ざお》からぶら下《さ》がっている魚《さかな》はたい焼《や》きなので、オヤツの時間《じかん》に食《た》べることもできるらしい。

「おい！　これしかなかったのかよ！」

P《ピー》・P《ピー》・ジュニアの隣《となり》で抗議《こうぎ》の声《こえ》を上《あ》げたのは、平安貴族《へいあんきぞく》の衣装《いしょう》を着《き》たウィルだった。

「こんな格好《かっこう》で出歩《である》く人間《にんげん》、21世紀《せいき》にいないだろ！　違和感満載《いわかんまんさい》だろが！」

「えらいオシャレ《や》して、似合《にお》うとるやないの」

袖《そで》を口元《くちもと》に当《あ》ててクスクスと笑《わら》うかぐや——セレネー——も、十二単《じゅうにひとえ》をまとった平安時代《へいあんじだい》のお姫様《ひめさま》。

まさにかぐや姫《ひめ》だ。

「けど、うちも舞妓《まいこ》はんになりたかったどすなあ」

笑《わら》いが収《おさ》まってから、かぐやはチラリとアリスたちの方《ほう》を見《み》た。どうやら少《すこ》しばかり不満《ふまん》があるらしい。

「……これ、重《おも》うて動《うご》きにくいわぁ」

十二単《じゅうにひとえ》は外出用《がいしゅつよう》にはできていない。

全部《ぜんぶ》で重《おも》さが15キロぐらいあるので、着《き》ていると自然《しぜん》におしとやかになるようだが。

「シャーリー、お前《まえ》な」

ここぞとばかりに、ウィルがシャーリーを責《せ》める。

「それでなくても足《あし》が遅《おそ》そうなこいつに、走《はし》れないようなもの着《き》せてどうすんだよ？」

「うるさいわね、この悪党《あくとう》！　ちょっとした計算《けいさん》ミスよ！」

と、言《い》い返《かえ》すシャーリー。

「イギリスじゃ、その程度《ていど》の頭《あたま》で探偵《たんてい》がつとまるんだな！」

「ソーセージ《カレーブルスト》にカレーをかけて食《た》べるような美意識《びいしき》の連中《れんちゅう》に言《い》われたくない！」

「……あの？」

かぐやが間《あいだ》に入《はい》り、シャーリーとウィルの顔《かお》を見比《みくら》べる。

「さいぜんから気《き》にのうとったんですけど、おふたり、付《つ》き合《あ》っていらはるん？」

「はあ!?」

「馬鹿《ばか》か、お前《まえ》!?」

ふたりは同時《どうじ》にかぐやをにらんだ。

「そうどすか――付《つ》き合《あ》っておらへん、と」

かぐやは何《なん》だかうれしそうにつぶやく。

「アリスはん――とは、あり得《え》へんし」

確《たし》かにその通《とお》りだが、目《め》の前《まえ》で言《い》われると、当人《とうにん》としてはかなり心外《しんがい》である。

「ほなもしも――」

と、瞳《ひとみ》を輝《かがや》かせるかぐやをさえぎって、シャーリーは頭《あたま》を振《ふ》った。

「やめときなさい、かぐや。助《たす》けてもらったから格好《かっこう》いいと思《おも》ったんだろうけど、そんなの一時《いっとき》の気《き》の迷《まよ》いだし、だいたいこいつは悪人《あくにん》よ」

「ウィルはんは、悪《わる》い人《ひと》なん？」

かぐやはきょとんとした顔《かお》になる。

「悪人《あくにん》の中《なか》の大悪人《だいあくにん》よ。探偵《たんてい》は誰《だれ》かが不幸《ふこう》にならない限《かぎ》り、出番《でばん》がこない職業《しょくぎょう》だけど、こいつは不幸《ふこう》な人《ひと》を作《つく》る仕事《しごと》をしているの」

「まあな。もっとも、俺《おれ》たちが不幸《ふこう》をくれてやる連中《れんちゅう》は、たいてい誰《だれ》かを不幸《ふこう》にした悪党《あくとう》どもだぜ」

ウィルは鼻《はな》で笑《わら》った。

「けど――」

かぐやはまだ信《しん》じられないという顔《かお》をしている。

「せやたら、何《なん》でうちを助《たす》けてくれはったん？」

「たまたま勢《いきお》いだっての！　そもそも、最初《さいしょ》に助《たす》けに入《はい》ったのはこいつだろ！」

ウィルはシャーリーを指《ゆび》さす。

「俺《おれ》だけだったら、お前《まえ》なんか放《ほう》っておくに決《き》まってる！」

「せやったん……」

かぐやはちょっとしゅんとなった。

アリスも、さすがに今《いま》の言《い》い方《かた》はないと思《おも》う。

「もうこの話《はなし》は終《お》わり！　さっさと京都駅《きょうとえき》に行《い》くわよ！　ほら、案内《あんない》！」

シャーリーはパンッと手《て》を叩《たた》いてから、アリスに命《めい》じた。

「お任《まか》せを」

アリスは計太《けいた》の京都観光情報《きょうとかんこうじょうほう》を見《み》ながら、京都駅《きょうとえき》を目指《めざ》して歩《ある》き始《はじ》めた。

「ええと、さっきのが四条通《しじょうどおり》で……」

アリスは計太《けいた》の京都観光情報《きょうとかんこうじょうほう》を見《み》ながら、裏路地《うらろじ》を通《とお》って京都駅《きょうとえき》を目指《めざ》していた。

人通《ひとどお》りの少《すく》ない道《みち》を選《えら》んでいるのは、関係《かんけい》ない人《ひと》を巻《ま》き込《こ》まないため、ということもあるが、表通《おもてどお》りを進《すす》むと着物《きもの》を珍《めずら》しがる観光客《かんこうきゃく》が群《むら》がってきてパシパシと写真《しゃしん》を撮《と》られ、なかなか進《すす》めないからである。

「この道《みち》をまっすぐです」

アリスは四《よ》つ角《かど》に来《き》たところで、右手《みぎて》の道《みち》を指《ゆび》さした。

「今度《こんど》こそ、本当《ほんとう》に本当《ほんとう》でしょうね？」

シャーリーが疑《うたが》いの目《め》をアリスに向《む》ける。

数分前《すうふんまえ》にアリスが進《すす》もうとした道《みち》は、まったく反対《はんたい》の方向《ほうこう》だったからだ。

「……お腹《なか》、すきましたなあ」

かぐやがボヤいたが無理《むり》はない。

お昼《ひる》の時間《じかん》はとっくに過《す》ぎてしまっているのだ。

「駅《えき》に着《つ》いたら、弁当《べんとう》でも買《か》ってやる」

「ほんま？」

「ああ」

「葛切《くずき》りもつけてくだはる？」

「ああ」

ウィルはそう告《つ》げてかぐやを黙《だま》らせると、歩《ある》きながらシャーリーに目配《めくば》せした。

「……おい」

「あなたも気《き》がついた？」

シャーリーはささやき返《かえ》す。

「へっ？」

アリスには何《なん》のことやら、である。

「誰《だれ》かがつけてきているんですよ」

P《ピー》・P《ピー》・ジュニアがヒレをクチバシに当《あ》てて、アリスに小声《こごえ》で説明《せつめい》した。

「ほんま？」

と、かぐやが振《ふ》り返《かえ》ろうとするが。

「駄目《だめ》。気《き》づいていない振《ふ》りをして」

シャーリーがそのまま歩《ある》き続《つづ》けるように、袖《そで》をつかみながら言《い》った。

一方《いっぽう》、アリスは手鏡《てかがみ》を取《と》り出《だ》し、さりげなくそれを使《つか》って後《うし》ろの方《ほう》を観察《かんさつ》する。

シャーリーの言葉通《ことばどお》り。

黒服《くろふく》の男《おとこ》たちではないが、小柄《こがら》な影《かげ》がずっとついてきているのが見《み》える。

「次《つぎ》の角《かど》だ」

「了解《りょうかい》」

ウィルとシャーリーは四《よ》つ角《かど》まで来《く》ると右《みぎ》に折《お》れ、アリスたちもそれに従《したが》う。

そしてそのまま、数秒待《すうびょうま》つと。

「姫様姫様《ひめさまひめさま》〜、姫様《ひめさま》はいずこへ？」

追《お》ってきた小《ちい》さな影《かげ》がつぶやきながら、同《おな》じように角《かど》を曲《ま》がった。

「！」

ウィルは無言《むごん》で足払《あしばら》いをかけると、その影《かげ》を地面《じめん》に押《お》さえ込《こ》んだ。

「きゅう！」

小《ちい》さな影《かげ》はたちまち、目《め》を回《まわ》して動《うご》かなくなる。

「これ、何《なに》よ？」

影《かげ》の正体《しょうたい》を見《み》たシャーリーが、気抜《きぬ》けしたようになった。

「タヌキかと」

そう答《こた》えたアリスも自分《じぶん》の目《め》を疑《うたが》っていた。

タヌキは緑色《みどりいろ》の忍者服《にんじゃふく》を着《き》て、日本刀《にほんとう》を背負《せお》っていたのだ。

「とりあえず、鴨川《かもがわ》にでも流《なが》しとくか？」

ウィルはタヌキのしっぽをつかんで持《も》ち上《あ》げる。

「待《ま》って！　それは味方《みかた》はんどす！」

かぐやがウィルからタヌキを奪《うば》い、抱《だ》きしめた。

タヌキはどうやら、かぐやの知《し》り合《あ》いのようである。

「大丈夫《だいじょうぶ》どすか、全蔵《ぜんぞう》はん？」

かぐやは膝《ひざ》にタヌキをのせて頭《あたま》をさすった。

「乱暴《らんぼう》なことして堪忍《かんにん》どすえ」

「待《ま》て待《ま》て待《ま》て！　その言《い》い方《かた》だと、俺《おれ》が悪《わる》いみたいに聞《き》こえるだろうが⁉」

ウィルは実《じっ》に心外《しんがい》そうな顔《かお》だ。

「……ひ、姫《ひめ》!?　よくぞご無事《ぶじ》で〜！」

タヌキは気《き》がつくと、目《め》に涙《なみだ》をためて膝《ひざ》から降《お》りた。

「団子《だんご》に気《き》を取《と》られている間《あいだ》に姫《ひめ》を見失《みうしな》うとは、服部全蔵《はっとりぜんぞう》、一生《いっしょう》の不覚《ふかく》〜！」

タヌキは土下座《どげざ》した。

「何《なん》なんです、あなたは？」

P《ピー》・P《ピー》・ジュニアがタヌキに尋《たず》ねる。

「おおっ！　これは姫《ひめ》を助《たす》けてくださった通《とお》りすがりの人々《ひとびと》でござるな！　拙者《せっしゃ》は伊賀忍《いがにん》者《じゃ》、服部全蔵《はっとりぜんぞう》！　姫君《ひめぎみ》の護衛役《ごえいやく》を仰《おお》せつかった、警視庁《けいしちょう》の忍者《にんじゃ》でござる！」

タヌキはそう名乗《なの》ると、名刺《めいし》をアリスたちに配《くば》った。

「警視庁《けいしちょう》に忍者《にんじゃ》が？」

アリスは驚《おどろ》き、聞《き》き返《かえ》す。

「しかり！　来日《らいにち》なさる海外《かいがい》の要人《ようじん》を人知《ひとし》れず守《まも》るのが、忍者《にんじゃ》の務《つと》めでござる！」

タヌキは胸《むね》を張《は》った。

「人知《ひとし》れず、ねえ？」

シャーリーが冷《つめ》たい目《め》を全蔵《ぜんぞう》に向《む》ける。

「さっきから思《おも》い切《き》り目立《めだ》ってるし、今《いま》だって簡単《かんたん》に身元《みもと》をバラすようなものを配《くば》ってたわよねえ？」

「ぐぐっ！　服部全蔵《はっとりぜんぞう》、一生《いっしょう》の不覚《ふかく》～！」

タヌキはガックリと地面《じめん》に前足《まえあし》を突《つ》いた。

「でも何《なん》でタヌキなんだ？　人間《にんげん》でいいだろ、忍者《にんじゃ》？」

ウィルがもっともな疑問《ぎもん》を口《くち》にする。

「それが、忍者《にんじゃ》の世界《せかい》も人手不足《ひとでぶそく》でありまして」

立《た》ち直《なお》りの早《はや》い全蔵《ぜんぞう》は、テヘヘッと笑《わら》って頭《あたま》をかいた。

「人間向《にんげんむ》けに求人広告《きゅうじんこうこく》を出《だ》しても悪《わる》ふざけだと思《おも》われて本気《ほんき》にされず、たまに応募《おうぼ》に来《き》た人《ひと》を面接《めんせつ》しても給料《きゅうりょう》が安《やす》い、休《やす》みが少《すく》ないなど文句《もんく》をつけられて」

「お給料《きゅうりょう》が安《やす》いのは探偵見習《たんていみなら》いも一緒《いっしょ》です」

アリスは全蔵《ぜんぞう》にちょっぴり同情《どうじょう》する。

「ともかく！　この拙者《せっしゃ》が合流《ごうりゅう》したからには、も～安心《あんしん》でござるよ、姫様《ひめさま》！」

全蔵《ぜんぞう》はかぐやにそう告《つ》げた。

「な訳《わけ》あるか」

ウィルが全蔵《ぜんぞう》の後頭部《こうとうぶ》をペチンと叩《たた》く。

「お前《まえ》みたいのが一緒《いっしょ》にいたら、目立《めだ》ってしょうがないだろうが!?」

「……人《ひと》のことは言《い》えないでござる」

確《たし》かに、平安貴族《へいあんきぞく》や舞妓《まいこ》には言《い》われたくない台詞《せりふ》である。

「邪魔《じゃま》をしないなら一緒《いっしょ》に来《き》ていいわ」

シャーリーがため息《いき》をついて、全蔵《ぜんぞう》に告《つ》げた。

「かたじけないでござる！　この全蔵《ぜんぞう》、命《いのち》に代《か》えてもみなさんをお守《まも》りいたしますぞ！」

全蔵《ぜんぞう》は背中《せなか》の刀《かたな》をスラリと抜《ぬ》く。

「その刀《かたな》、危《あぶ》ないから捨《す》てちゃいましょうか？」

半分本気《はんぶんほんき》でそう提案《ていあん》するP《ピー》・P《ピー》・ジュニアだった。

ラッシュ・アワーにはまだ時間《じかん》があったが、京都駅《きょうとえき》は信《しん》じられないくらいに混《こ》んでいた。

清水寺《きよみずでら》も相当《そうとう》だったが、それよりさらに人《ひと》が集《あつ》まっている感《かん》じである。

「どうなってるんです？」

P《ピー》・P《ピー》・ジュニアがアリスの肩《かた》に乗《の》り、あたりを見回《みまわ》す。

「あれが原因《げんいん》では？」

アリスは運行案内《うんこうあんない》の電光掲示板《でんこうけいじばん》を指《ゆび》さした。

そこには「事故《じこ》のため、新幹線全面運休《しんかんせんぜんめんうんきゅう》」とある。

「偶然《ぐうぜん》だと思《おも》うか？」

ウィルがシャーリーに尋《たず》ねると、シャーリーは首《くび》を横《よこ》に振《ふ》った。

「まさか？　でも、思《おも》っていたよりも大事《おおごと》になったわね」

「……それにどうやら、相手《あいて》は私《わたし》たちを京都《きょうと》から逃《に》がすつもりはないようですよ」

P《ピー》・P《ピー》・ジュニアはそう言《い》うと、新幹線《しんかんせん》の改札口《かいさつぐち》の方《ほう》にヒレを向《む》ける。

アリスがそちらに目《め》をやると、黒服《くろふく》の男《おとこ》が３人《にん》、固《かた》まっているのが見《み》えた。

「いったん駅《えき》を離《はな》れるぞ」

ウィルがかぐやの袖《そで》をつかむ。

だが、その時《とき》。

「いたぞ！」

「あっちだ！」

黒服《くろふく》たちがこちらに気《き》がつき、集《あつ》まり始《はじ》めた。

「相手《あいて》は30人《にん》ぐらいかしら？」

シャーリーが素早《すばや》く数《かぞ》える。

「どのみち、十二単《じゅうにひとえ》のお姫様《ひめさま》を連《つ》れて、人混《ひとご》みを駆《か》け抜《ぬ》けるのは無理《むり》だな」

ウィルは肩《かた》をすくめた。

「問題《もんだい》は関係《かんけい》のない人《ひと》を巻《ま》き込《こ》まないようにする方法《ほうほう》ですが？」

と、アリス。

「にゅふ、それは簡単《かんたん》です」

P《ピー》・P《ピー》・ジュニアはニマッと笑《わら》うと、大《おお》きく息《いき》を吸《す》い込《こ》んで声《こえ》を張《は》り上《あ》げた。

「みなさ〜ん！　駅《えき》の外《そと》で京都名物《きょうとめいぶつ》八ッ橋《やつはし》の安売《やすう》りをやってますよ〜！　な、な〜んと、

1箱《はこ》10円《えん》！」

「1箱《はこ》？」

「10円《えん》？」

これを耳《みみ》にした駅構内《えきこうない》の人々《ひとびと》が、一斉《いっせい》に外《そと》に向《む》かって駆《か》け出《だ》した。

「……しょ～、これ、下手《へた》をするとパニックになってます」

アリスはその場《ば》に座《すわ》り込《こ》みそうになる。

「まあ、この際仕方《さいしかた》ないわね」

シャーリーも顔《かお》をしかめたが、1分《ぷん》もしないうちに駅《えき》はガラガラになった。恐《おそ》るべし、八《や》ッ橋《はし》の魅力《みりょく》である。とはいえ、黒服《くろふく》たちも自由《じゆう》に動《うご》けるようになったので、銃《じゅう》を構《かま》えてアリスたちを囲《かこ》もうとする。

「姫様《ひめさま》、ここは私《わたし》が！」

と、全蔵《ぜんぞう》がかぐやをかばおうと前《まえ》に出《で》たが。

「ふぎゃあああ！　服部全蔵《はっとりぜんぞう》、一生《いっしょう》の不覚《ふかく》～」

飛《と》び出《だ》してきた何《なに》かに踏《ふ》みつけられて、また目《め》を回《まわ》した。

「役《やく》に立《た》たねえ忍者《にんじゃ》だな！」

ウィルも突《つ》っ込《こ》まざるを得《え》ない。

「ふふ、名高《なだか》い伊賀《いが》もこんなものか」

全蔵《ぜんぞう》を踏《ふ》んだまま、そう笑《わら》ったのは——。

「おキツネ《ケンケン》はん？」

そう、赤《あか》い忍者服《にんじゃふく》に身《み》を包《つつ》んだキツネであった。

「またも忍者《にんじゃ》？」

「うにゅ、今度《こんど》はキツネですね」

アリスとP《ピー》・P《ピー》・ジュニアは顔《かお》を見合《みあ》わせる。

「うぐ〜！　姫様《ひめさま》、こやつは風魔《ふうま》の忍《しの》び！　伊賀《いが》の敵《てき》です！」

キツネの後《うし》ろ足《あし》の下《した》で意識《いしき》を取《と》り戻《もど》した全蔵《ぜんぞう》が、手足《てあし》をバタバタさせた。

「その通《とお》り！　聞《き》いて驚《おどろ》け、風魔狐太郎《ふうまこたろう》とはおいらのこった〜っ！」

キツネの忍者《にんじゃ》は歌舞伎《かぶき》の見栄《みえ》のようなポーズを取《と》りながら名乗《なの》った。

「……風魔《ふうま》も人手不足《ひとでぶそく》でござるか？」

とは、足《あし》の下《した》の全蔵《ぜんぞう》。

「それは言《い》わない約束《やくそく》！」

狐太郎《こたろう》は気分《きぶん》を害《がい》したようだった。

「で、誰《だれ》の差《さ》し金《がね》？」

シャーリーが狐太郎《こたろう》に尋《たず》ねる。

「おっとそれは言《い》えねえな！　ただひとつ言《い》えるのは、俺様《おれさま》が優秀《ゆうしゅう》な工作員《こうさくいん》で、こいつらがみ〜んな、おいらの部下《ぶか》ってことだけさ！」

狐太郎《こたろう》は手裏剣《しゅりけん》を握《にぎ》った前足《まえあし》で黒服《くろふく》たちを指《さ》した。

「ともかく姫様《ひめさま》、多少《たしょう》手荒《てあら》な手段《しゅだん》を取《と》らせてもらうぜ！」

狐太郎《こたろう》は手裏剣《しゅりけん》をかぐやに向《む》けて放《はな》った。

「！」

すくんで目《め》を閉《と》じるかぐや。

だが。

「させるかよ」

その手裏剣《しゅりけん》を自分《じぶん》の右腕《みぎうで》で受《う》けたのはウィルだった。

「ウィルはん⁉」

かぐやはウィルの腕《うで》を見《み》て真《ま》っ青《さお》になる。

「気《き》にすんなって。こんなの慣《な》れっこだ」

ウィルは痛《いた》みをこらえて笑《わら》い返《かえ》した。

「うちのせいどす。みんなうちが悪《わる》いんえ」

かぐやの頬《ほお》を涙《なみだ》が伝《つた》う。

「落《お》ち込《こ》んではいけません」

うつむくかぐやの肩《かた》に、アリスはそっと手《て》を置《お》いた。

「落《お》ち込《こ》むのは、もっとひどい目《め》にあった時《とき》のために取《と》っておかないと」

「さすが、落《お》ち込《こ》みの全世界《ぜんせかい》チャンピオンね」

と、ウィルの腕《うで》に応急手当《おうきゅうてあて》をしながら感心《かんしん》するシャーリーだが、このチャンピオンもアリスにはあまりうれしくはない。

「で、どうする？」

ウィルはアリスたちの顔《かお》を見《み》る。

相手《あいて》は忍者《にんじゃ》1匹《ぴき》と、銃《じゅう》を持《も》った男《おとこ》たちが30人以上《にんいじょう》。

ウィルが腕《うで》に傷《きず》を負《お》っていなかったとしても、かぐやを守《まも》りながら全員《ぜんいん》を相手《あいて》にはできない。

「今《いま》さら何《なに》よ」

シャーリーはどこに隠《かく》していたのか、サーベルを構《かま》える。

「戦《たたか》うのなら、やっぱりこの格好《かっこう》です」

恵比寿様《えびすさま》のコスチュームから薄《うす》いブルーの羽織《はおり》に着替《きが》えたP《ピー》・P《ピー》・ジュニアは、幕末《ばくまつ》の時代劇《じだいげき》に出《で》てくる新撰組《しんせんぐみ》のスタイルだ。

とはいえ、絶体絶命《ぜったいぜつめい》であることに変《か》わりはない。

だが、アリスにはこの苦境《くきょう》を抜《ぬ》け出《だ》す方法《ほうほう》があった。

「鏡《ミラー》よ、鏡《ミラー》」

アリスは柱《はしら》の陰《かげ》に身《み》を隠《かく》しながら、後《うし》ろ手《で》に持《も》った鏡《かがみ》にそっと指《ゆび》を触《ふ》れさせた。

「アリス・リドル登場《エンター・アリス・リドル》」

アリスは変身《へんしん》すると、スマートフォンで帽子屋《ぼうしや》のアイテム・ショップにメッセージを送《おく》った。

何《なに》か身《み》を守《まも》れるものが欲《ほ》しいのですが？

帽子屋《ぼうしや》からの返事《へんじ》は、すぐに返《かえ》ってくる。

前《まえ》に渡《わた》した「七《なな》つ道具《どうぐ》」のアプリ、全部《ぜんぶ》試《ため》してみた？

「七《なな》つ道具《どうぐ》」は、アリスが初《はじ》めてアイテム・ショップを訪《おとず》れた時《とき》に、サービスでもらったアプリ。ハート、スペード、クラブ、ダイヤ、それにエースにキング、クイーンにジャックのアプリ――「七《なな》つ道具《どうぐ》」なのに8つあるのはご愛敬《あいきょう》――があるけれど、今《いま》までアリスが使《つか》ったことがあるのは、ハートの「フラッシュ・ボム」と、スペードの「ハイパー・ミラージュ」のふたつだけだ。

あいにくと

じゃあ、ヒントをあげる
今《いま》の君《きみ》に必要《ひつよう》なのはエースだよ

心遣《こころづか》い、感謝《かんしゃ》です

アリスはそうメッセージを返《かえ》すと、出口《でぐち》の鏡《かがみ》を目指《めざ》しながら、エースのアイコンに指《ゆび》を当《あ》てた。

「ヴォーパル・ソード」

こちらの世界《せかい》に戻《もど》った瞬間《しゅんかん》、アリスの手《て》には剣《けん》が握《にぎ》られていた。

黒服《くろふく》の男《おとこ》たちの後《うし》ろにあった鏡《かがみ》から飛《と》び出《だ》したアリスは、その剣《けん》を使《つか》って男《おとこ》たちを打《う》ち払《はら》っていった。

ヴォーパル・ソードに触《ふ》れた男《おとこ》たちは、雷《かみなり》に打《う》たれたようにしびれて倒《たお》れてゆく。

「ななななっ！」

この奇襲《きしゅう》に驚《おどろ》いた狐太郎《こたろう》に向《む》かって。

「食《く》らいなさい、ペンギン流奥義《りゅうおうぎ》、氷原《ひょうげん》キリモミ・アターク！」

P《ピー》・P《ピー》・ジュニアが回転《かいてん》しながら体当《たいあ》たりをかける。

「私《わたし》たちも！」

「おう！」

シャーリーとウィルも、残《のこ》りの黒服《くろふく》たちの間《あいだ》に飛《と》び込《こ》んで次々《つぎつぎ》に気絶《きぜつ》させていく。

そして、ほとんどの黒服《くろふく》が倒《たお》れると、そこに――。

「殿下《でんか》！」

背広姿《せびろすがた》の長身《ちょうしん》の男性《だんせい》が駆《か》け込《こ》んできた。

「我《わ》が国《くに》の大使《たいし》さんどす。東京《とうきょう》からわざわざ迎《むか》えに来《き》てくれはったんどすか？」

男性《だんせい》を見《み》たかぐやの顔《かお》が、パッと輝《かがや》く。

「殿下《でんか》、安心《あんしん》しました」

大使《たいし》はホッとした顔《かお》でセレネーに近《ちか》づくと、その肩《かた》を抱《だ》きしめながら。

「――とは言《い》えないんですよ」

かぐやのわき腹《ばら》に、隠《かく》し持《も》っていたナイフを突《つ》きつけた。

「お前《まえ》たちがふがいないせいで、私《わたし》がこうして自分《じぶん》の手《て》を汚《よご》さなければならなくなった」

大使《たいし》は狐太郎《こたろう》たちを見渡《みわた》して鼻《はな》を鳴《な》らす。

「も、申《もう》し訳《わけ》ありません！」

体当《たいあ》たりを食《く》らってフラフラの狐太郎《こたろう》は、大使《たいし》に向《む》かって土下座《どげざ》した。

「やっぱり、黒幕《くろまく》は大使《たいし》。そのあたりだと思《おも》ってたのよね」

シャーリーは髪《かみ》をかき上《あ》げながら、軽蔑《けいべつ》の視線《しせん》を大使《たいし》に投《な》げかけた。

「あんまり予想通《よそうどお》りで、面白《おもしろ》くないですね」

P《ピー》・P《ピー》・ジュニアもヤレヤレという顔《かお》である。

「私《わたし》が裏《うら》で糸《いと》を引《ひ》いていると分《わ》かっていたのかね？」

大使《たいし》は意外《いがい》そうに眉《まゆ》をひそめた。

「かぐやが警備《けいび》の目《め》を盗《ぬす》んで京都《きょうと》まで来《こ》られたのは、当然《とうぜん》、協力者《きょうりょくしゃ》がいたからよ。もちろん、大使館内《たいしかんない》にね」

シャーリーは説明《せつめい》した。

「それにこれだけの人数《にんずう》を使《つか》えるんです、かなりの大物《おおもの》であることは明白《めいはく》です」

と、P《ピー》・P《ピー》・ジュニアが続《つづ》ける。

「んなことはいいから、そいつを放《はな》せ」

ウィルは怒《いか》りの瞳《ひとみ》を大使《たいし》に向《む》けた。

「何《なん》でどす？　うちはあなたはんを信《しん》じておったんどすえ？」

かぐやは大使《たいし》を見《み》つめながら唇《くちびる》を噛《か》む。

「王女《おうじょ》。あなたは優秀《ゆうしゅう》すぎる。アリキア王国《おうこく》にとっても、私《わたし》にとっても、あなたの弟君《おとうとぎみ》が次《つぎ》の国王《こくおう》になる方《ほう》が好《この》ましいのですよ」

大使《たいし》は笑《わら》った。

「うちのまだちいさな弟《おとうと》を王《おう》にして、陰《かげ》であやつるつもりどすか？」

「……答《こた》えは聞《き》くまでもないな。どうせ、王女《おうじょ》は病気《びょうき》ってことにでもして、監禁《かんきん》しておく気《き》だろ？」

ウィルが大使《たいし》をにらむ。

「ひとつ聞《き》きたいことありま〜す」

P《ピー》・P《ピー》・ジュニアが右《みぎ》のヒレを上《あ》げた。

「何《なん》だ？　どうせ口《くち》を封《ふう》じるのだから教《おし》えてやるぞ」

大使《たいし》は余裕《よゆう》の表情《ひょうじょう》を見《み》せる。

「錦市場《にしきいちば》でお土産《みやげ》を買《か》うとしたら、何《なに》がいいと思《おも》います？」

「知《し》るか！　ていうか、もっと重要《じゅうよう》なことを聞《き》くかと思《おも》っただろうが!?」

どうやら、大使《たいし》を怒《おこ》らせただけのようだった。

「なあ、うちはどうなっても構《かま》わしまへん」

かぐやは大使《たいし》に必死《ひっし》に訴《うった》える。

「けど、この方《かた》たちは助《たす》けておくれやす」

「感動的《かんどうてき》な台詞《せりふ》のはずですが、何故《なぜ》か緊迫感《きんぱくかん》がありませんね」

「京言葉《きょうことば》、こういう場面《ばめん》には向《む》いていませんね」

P《ピー》・P《ピー》・ジュニアとアリスはささやき合《あ》う。

「おい、銃《じゅう》を捨《す》てろ」

大使《たいし》はウィルに命《めい》じた。

「…………」

ウィルは無言《むごん》で内《うち》ポケットの銃《じゅう》を床《ゆか》に落《お》とす。

「足《あし》に隠《かく》している銃《じゅう》もだ」

ウィルはさらに命令《めいれい》に従《したが》った。

「では、まずお前《まえ》からだ」

大使《たいし》はかぐやを突《つ》き放《はな》し、ウィルに近《ちか》づく。

「あかん！」

かぐやは必死《ひっし》に大使《たいし》の足《あし》にしがみついた。

「この！」

大使《たいし》がナイフをかぐやに向《む》けて振《ふ》りかざす。

と、次《つぎ》の瞬間《しゅんかん》。

パーンという銃声《じゅうせい》とともに、大使《たいし》のナイフがその手《て》を放《はな》れた。

「ヴォーパル・ソード！」

アリスはこのチャンスを逃《のが》さず、ソードで大使《たいし》を吹《ふ》き飛《と》ばす。

「ウィルばかりに気《き》を取《と》られているからよ」

シャーリーが、うめく大使《たいし》に銃口《じゅうこう》を向《む》けた。

「気《き》がつかなかったようね？　P《ピー》・P《ピー》・ジュニアがバカなこと言《い》ってあなたの注意《ちゅうい》を引《ひ》いてる間《あいだ》に、ウィルが1挺《ちょう》だけ銃《じゅう》を私《わたし》に投《な》げてよこしたの」

「さあ、これでもう安心《あんしん》ですよ～」

と、P《ピー》・P《ピー》・ジュニアがかぐやに告《つ》げたところで。

「全員《ぜんいん》、動《うご》くな！　京都府警《きょうとふけい》だ！」

サイレンを鳴《な》らして走《はし》ってきたパトカーが駅前《えきまえ》に止《と》まり、警官隊《けいかんたい》が構内《こうない》になだれ込《こ》んできた。

「な、何《なに》をする！」

大使《たいし》たちは抵抗《ていこう》したが、たちまち取《と》り押《お》さえられる。もちろん、風魔狐太郎《ふうまこたろう》もだ。

「私《わたし》は大使《たいし》だぞ！　外交特権《がいこうとっけん》があるのを知《し》らないか！」

大使《たいし》は自分《じぶん》の腕《うで》をつかんでいる警官《けいかん》の手《て》を強引《ごういん》に振《ふ》り払《はら》おうとする。

「最高特犬《さいこうとっけん》？」

何《なん》のことやら、という顔《かお》で首《くび》をひねる服部全蔵《はっとりぜんぞう》。

「対抗《たいこう》お得券《とくけん》？」

と、アリスも。

「……お前《まえ》ら、絶対《ぜったい》、別《べつ》の字《じ》を思《おも》い浮《う》かべただろ？」

ウィルが白《しろ》い目《め》をアリスたちに向《む》ける。

「外交官《がいこうかん》は勝手《かって》に逮捕《たいほ》することができない、という国際的《こくさいてき》な決《き》まりがあるんですよ」

P《ピー》・P《ピー》・ジュニアが説明《せつめい》した。

「その通《とお》り！　さあ、放《はな》せ！」

大使《たいし》は声《こえ》を張《は》り上《あ》げる。

しかし。

「せやけど――」

勝《か》ち誇《ほこ》る大使《たいし》の前《まえ》に、かぐやが進《すす》み出《で》た。

「王国《おうこく》では、大使《たいし》の任命権《にんめいけん》は王族《おうぞく》にあるんどすえ」

「……はい？」

大使《たいし》の顔《かお》が強《こわ》ばった。

「忍名犬《にんめいけん》？」

またもや首《くび》をひねる服部全蔵《はっとりぜんぞう》。

「人迷県《にんめいけん》」

と、またまたアリスも。

「うちがあなたはんを解任《かいにん》します。あなたはんは今《いま》、この瞬間《しゅんかん》から大使《たいし》ではあらしません。

「一般市民《いっぱんしみん》どす」

かぐや、いや、アリキア王女《おうじょ》セレネーは宣言《せんげん》した。

「ということちゃ。誘拐未遂《ゆうかいみすい》、暴行罪《ぼうこうざい》、その他《た》もろもろで逮捕《たいほ》するで」

警部《けいぶ》がニヤリと笑《わら》い、元大使《もとたいし》にガチャリと手錠《てじょう》をかける。

「ようもこの京《きょう》の町《まち》を騒《さわ》がせてくれたなぁ。それ、残《のこ》りの連中《れんちゅう》もや！」

大使《たいし》の部下《ぶか》たちも、警部《けいぶ》の号令《ごうれい》で一網打尽《いちもうだじん》となった。

「市民《しみん》の協力《きょうりょく》に感謝《かんしゃ》いたします！　殿下《でんか》、まもなくお迎《むか》えが到着《とうちゃく》しますので、ここでお待《ま》ちを」

警部《けいぶ》はP《ピー》・P《ピー》・ジュニアたちに敬礼《けいれい》すると、大使一味《たいしいちみ》をパトカーに乗《の》せて去《さ》ってゆく。

「夢《ゆめ》のような一日《いちにち》どしたなあ」

セレネーは小《ちい》さくため息《いき》をつく。

「けど、冒険《ぼうけん》はもう終《お》わりどす」

「なあ」

ウィルは手《て》を差《さ》し出《だ》した。

「王女《おうじょ》じゃない人生《じんせい》だって選《えら》べるんだぜ？　俺《おれ》たちと世界《せかい》を回《まわ》らないか？」

セレネーは一瞬《いっしゅん》、その手《て》を取《と》ろうとして。

「……いえ」

そして止《や》めた。

「うちには責任《せきにん》があります。今回《こんかい》、それがよう分《わ》かりました」

「……そうか」

ウィルは微笑《ほほえ》み、手《て》を引《ひ》っ込《こ》めた。

やがて、迎《むか》えの車《くるま》が到着《とうちゃく》して、数人《すうにん》の男性《だんせい》が急《いそ》ぎ足《あし》でやってくる。

「あれは？」

「本国《ほんごく》から連《つ》れてきた大臣《だいじん》たちどす」

セレネーの口調《くちょう》から、今度《こんど》は本当《ほんとう》に信頼《しんらい》できる人《ひと》たちだと分《わ》かる。

「王女殿下《おうじょでんか》、よくご無事《ぶじ》で」

白髪《しらが》交《ま》じりのヒゲの男性《だんせい》が、セレネーの姿《すがた》を見《み》て涙《なみだ》を浮《う》かべた。

「えらい心配《しんぱい》をかけても――」

京言葉《きょうことば》でそう言《い》いかけたセレネーは、小《ちい》さく首《くび》を振《ふ》ってから凛《りん》とした口調《くちょう》で続《つづ》けた。

「今後《こんご》、このようなわがままはしないと誓《ちか》いましょう」

「この方《かた》たちは？」

ヒゲの大臣《だいじん》は、アリスたちに視線《しせん》を投《な》げかける。

「私《わたし》を助《たす》けてくださったみなさんです」

セレネーは、それ以上《いじょう》くわしく説明《せつめい》しなかった。

(身分《みぶん》を明《あ》かされたくないウィル君《くん》がいるからですね)

と、アリスは思《おも》う。

「おおっ！　殿下《でんか》を助《たす》けていただいたとは！　これはアリキア王国《おうこく》として、是非《ぜひ》お礼《れい》を！」

大臣《だいじん》は感激《かんげき》をあらわにした。

「いらねよ、んなもん」

首《くび》を横《よこ》に振《ふ》ったのはウィルである。

「ですね～」

「友《とも》だちを助《たす》けるのは、当然《とうぜん》のことよ」

と、P《ピー》・P《ピー》・ジュニアとシャーリーも。

「ですね」

もちろんアリスも同《おな》じ気持《きも》ちだった。


やがて、大臣《だいじん》が用意《ようい》した車《くるま》が到着《とうちゃく》した。

セレネーはこの車《くるま》で、東京《とうきょう》まで戻《もど》ることになる。

「日本《にほん》のいい思《おも》い出《で》ができました」

セレネーは車《くるま》に乗《の》り込《こ》む前《まえ》に、ウィルの前《まえ》に立《た》ってそう告《つ》げた。

「あ〜、そりゃよかったな」

ウィルは目《め》をそらし、頭《あたま》をかく。

「……そういうの、京《きょう》では『いけず』と言《い》うんえ」

セレネーはウィルの耳元《みみもと》にそっとささやいた。

「さっさと行《い》けよ、かぐや姫《ひめ》！」

ウィルは真《ま》っ赤《か》になり、セレネーを追《お》い払《はら》う仕草《しぐさ》をする。

「最後《さいご》の最後《さいご》に、そう呼《よ》んでくれはった」

ニッコリ微笑《ほほえ》んだセレネーを乗《の》せて、大使館《たいしかん》の車《くるま》は動《うご》き出《だ》した。

「……『王女《おうじょ》じゃない人生《じんせい》だって、選《えら》べるんだぜ？』ですって～」

車《くるま》を見送《みおく》ったP《ピー》・P《ピー》・ジュニアはウィルを見上《みあ》げると、ヒレをクチバシに当《あ》ててプッと噴《ふ》き出《だ》した。

「それに、『俺《おれ》たちと世界《せかい》を回《まわ》らないか？』とも言《い》ったわよ」

シャーリーもニヤリとウィルを見《み》る。

「こ、こいつらに聞《き》かれたのは一生《いっしょう》の不覚《ふかく》だ！」

こぶしをワナワナと震《ふる》わせるウィルの肩《かた》を、同情《どうじょう》した全蔵《ぜんぞう》がポンと叩《たた》く。

「ウィル君《くん》、いけずです」

アリスも面白《おもしろ》そうだから、ちょっとからかってみた。

「お前《まえ》に言《い》われんのが一番腹立《いちばんはらた》つんだよ！」

何故《なぜ》かアリスだけが、こぶしを頭《あたま》に落《お》とされる。

「不公平《ふこうへい》です」

アリスはちょっと落《お》ち込《こ》んだ。

「しかし、京都府警《きょうとふけい》はいいタイミングで来《き》てくれましたね〜。シャーリーさん、お手柄《てがら》ですよ」

P《ピー》・P《ピー》・ジュニアはシャーリーを振《ふ》り返《かえ》ると、賞賛《しょうさん》の言葉《ことば》を口《くち》にする。

「あら、あなたが呼《よ》んだんじゃないの？」

「私《わたし》はあなたが呼《よ》んだと思《おも》っていましたけど？」

シャーリーとP《ピー》・P《ピー》・ジュニアは顔《かお》を見合《みあ》わせた。

もちろん、アリスは呼《よ》んでいないし、ウィルでもないだろう。

と、すると……。

「やあ、どうやら府警《ふけい》は間《ま》に合《あ》ったようだね」

アリスたちの目《め》の前《まえ》に、縁《ふち》なしの丸《まる》メガネをかけた少年《しょうねん》がふらっと現《あらわ》れた。

「お前《まえ》かよ、警察《けいさつ》呼《よ》んだの！」

ウィルが声《こえ》を荒《あら》らげた。

「いつまで経《た》っても連絡《れんらく》をよこさないから、何《なに》かあったなと思《おも》って警察《けいさつ》を向《む》かわせたのさ。ウィルが何《なに》か君《きみ》たちに迷惑《めいわく》をかけなかったかい？」

丸《まる》メガネの青年《せいねん》、ジェイ・グリムは、弟《おとうと》の肩《かた》に手《て》を置《お》きながらアリスたちに笑顔《えがお》を見《み》せる。

「かけてねえよ！　迷惑《めいわく》したのはこっちだよ！」

ウィルはジェイの手《て》を振《ふ》り解《ほど》いた。

「どうしてウィル君《くん》の居所《いどころ》が？」

アリスは尋《たず》ねる。

「種明《たねあ》かしは簡単《かんたん》」

ジェイはスマートフォンをみんなに見《み》せた。

その画面《がめん》にはＧＰＳ《ジーピーエス》が表示《ひょうじ》されている。

「こ、これ、俺《おれ》か？」

ウィルは震《ふる》える指《ゆび》を、地図上《ちずじょう》の光《ひか》る点《てん》に向《む》けた。

「慣《な》れない京都《きょうと》で迷子《まいご》になったら、困《こま》ると思《おも》って」

「なるか！　俺《おれ》は子供《こども》かよ！」

「18歳《さい》以下《いか》は子供《こども》ですよ」

と、アリス。

「お前《まえ》はいいから黙《だま》れ！」

ウィルはアリスの頭《あたま》にこぶしを落《お》とした。

「ううう、暴力反対《ぼうりょくはんたい》」

アリスはまたも涙目《なみだめ》になる。

「さてと」

微笑《ほほえ》んだジェイは、シャーリーに向《む》かってうやうやしく一礼《いちれい》した。

「レディ、お初《アンシャンテ》にお目にかかる」

「弟《おとうと》さんよりは礼儀正《れいぎただ》しいのね、ジェイコブ・グリム」

シャーリーが手《て》を差《さ》し出《だ》すと、ジェイはその手《て》にキスをした。

「おい、聞《き》こえてるからな！」

ウィルはシャーリーをにらむ。

「私《わたし》の前《まえ》にこうして堂々《どうどう》と出《で》てくるのだから、あなたは捕《つか》まらない自信《じしん》があるのかしら？」

シャーリーはジェイの目《め》をじっと見《み》つめた。

「もしも捕《つか》まるのならあなたがいいけれどね」

ジェイはウィンクを返《かえ》した。

「ピキ〜ッ！　あなたたちは私《わたし》が捕《つか》まえるんですよ〜！」

P《ピー》・P《ピー》・ジュニアがふたりの間《あいだ》で飛《と》び跳《は》ねる。

「それじゃ、修学旅行《しゅうがくりょこう》の下見《したみ》を続《つづ》けようか？」

ジェイはウィルに声《こえ》をかけた。

「正直《しょうじき》、もう帰《かえ》りたいんだがな」

しぶしぶながら、つき従《したが》うウィル。

「組織《そしき》の立《た》て直《なお》しが終《お》わった。世界各地《せかいかくち》に散《ち》っていた部下《ぶか》を集《あつ》めたよ」

アリスたちに背《せ》を向《む》け、肩《かた》を並《なら》べるようにして歩《ある》きながら、ジェイはウィルにささやく。

「……お前《まえ》？」

ウィルの目《め》が大《おお》きく見開《みひら》かれた。

「今《いま》まで楽《たの》しかったけれど、『ペンギン探偵社《たんていしゃ》』とのお遊《あそ》びは終《お》わりだ。これからは戦《たたか》いになるぞ」

そう告《つ》げるジェイの声《こえ》に、先《さき》ほどまでの温《あたた》かみは一切《いっさい》ない。

「望《のぞ》むところだ」

頷《うなず》いたウィルはたった一度《いちど》だけアリスたちの方《ほう》に目《め》をやると、二度《にど》と振《ふ》り返《かえ》ろうとはしなかった。


2日後《かご》。

「じゃあ、そろそろ行《い》かないと」

シャーリーはバッグを手《て》に、ペンギン探偵社日本支部《たんていしゃにほんしぶ》を後《あと》にしようとしていた。

「ルイ・ヒビキにもよろしくね。赤《あか》ずきんは……どうでもいい。あとアリス・リドルにも、もう一度《いちど》会《あ》いたかったんだけど」

「アリス・リドルは気《き》まぐれさんなので」

アリスは頷《うなず》く。

シャーリーはこれから、アリキア王国《おうこく》の専用機《せんようき》が飛《と》び立《た》つ空港《くうこう》に向《む》かう。王国《おうこく》の新《あたら》しい大使《たいし》から、セレネー王女《おうじょ》の本国《ほんごく》までの護衛《ごえい》を頼《たの》まれたのだ。

「迷子《まいご》になるんじゃありませんよ〜」

「ならないわよ」

すでに、迎《むか》えの車《くるま》が探偵社《たんていしゃ》が入《はい》っているアンタークティック・タワーの前《まえ》まで来《き》ていた。

アリスとP《ピー》・P《ピー》・ジュニアはエレベーターで、ビルの前《まえ》まで見送《みおく》りに下《お》りていく。

「ささ、探偵殿《たんていどの》。姫《ひめ》が飛行機《ひこうき》でお待《ま》ちです」

と、車《くるま》のドアを開《ひら》いたのは、服部全蔵《はっとりぜんぞう》である。

「近《ちか》いうちにまた日本《にほん》に来《く》るから、今度《こんど》はもう少《すこ》し楽《たの》しい場所《ばしょ》に連《つ》れていって」

車《くるま》に乗《の》り込《こ》もうとしたシャーリーは、振《ふ》り返《かえ》ってP《ピー》・P《ピー》・ジュニアとアリスに告《つ》げた。

「う」

P《ピー》・P《ピー》・ジュニアは言葉《ことば》に詰《つ》まり、目《め》をそらす。

「何《なに》よ、その嫌《いや》そうな顔《かお》は？」

シャーリーは心外《しんがい》だと言《い》いたげな表情《ひょうじょう》を浮《う》かべた。

「い、嫌《いや》そうな顔《かお》なんてしてませんとも！　ほら、あまりにも別《わか》れが悲《かな》しくて～」

P《ピー》・P《ピー》・ジュニアはハンカチを出《だ》してきて、うるんだ目頭《めがしら》に当《あ》てた。

だが、ヒレが滑《すべ》ったのか、隠《かく》し持《も》っていた目薬《めぐすり》がポロリと地面《じめん》に落《お》ちる。

「ワザとらしいにも程《ほど》があるわよ！」

蹴《け》っ飛《と》ばされたP《ピー》・P《ピー》・ジュニアが、晴《は》れ渡《わた》った空《そら》を舞《ま》う。

「さびしくなります」

アリスはシャーリーの手《て》を取《と》ってそう告《つ》げた。

「うん」

ほんの一瞬《いっしゅん》だけど。

シャーリーは心《こころ》の底《そこ》からの優《やさ》しそうな笑顔《えがお》を見《み》せた。

「またね《シー・ユー》」

こうして、イギリスが誇《ほこ》る名探偵《めいたんてい》は、日本《にほん》を後《あと》にしたのである。

ところが。

「ピキ〜ッ！　ど〜いうことです⁉　シャーリーさんの滞在費《たいざいひ》やら、ウィルが京都《きょうと》で壊《こわ》したお店《みせ》の賠償金《ばいしょうきん》、み〜んなうちの支払《しはら》いになってますよ〜っ！」

P《ピー》・P《ピー》・ジュニアは真《ま》っ青《さお》を通《とお》り越《こ》して、真《ま》っ白《しろ》になっていた。

シャーリーが帰国《きこく》して数日後《すうじつご》、大量《たいりょう》の請求書《せいきゅうしょ》が探偵社《たんていしゃ》に送《おく》りつけられてきたのである。

「今月《こんげつ》も、大赤字《おおあかじ》」

P《ピー》・P《ピー》・ジュニアはとうとう、目《め》を回《まわ》して引《ひ》っくり返《かえ》った。

「……世知辛《せちがら》い世《よ》の中《なか》どすなぁ」

アリスはお土産《みやげ》の八《や》ッ橋《はし》を頰張《ほおば》りながら抹茶《まっちゃ》をすすり、他人事《ひとごと》のようにそうつぶやくのだった。

明日《あした》もがんばれ! 怪盗赤《かいとうあか》ずきん! その11

「今度《こんど》こそ、しくじるんじゃねえぞ」

オオカミがそう念《ねん》を押《お》すのは朝《あさ》から5回目《かいめ》だった。

「分《わ》かってる、楽勝楽勝《らくしょうらくしょう》～」赤《あか》ずきんはニカッと笑《わら》い返《かえ》す。

「不安《ふあん》だぜ。この間《あいだ》のケーキ屋《や》、2日《か》でクビだったからなあ」

赤《あか》ずきんたちが今《いま》いるのは、新《あたら》しいバイト先《さき》、「ラヴリ～ンの館《やかた》」の前《まえ》。

店《みせ》に入《はい》ると、店長《てんちょう》のローズが出迎《でむか》える。

「赤《あか》ずきんちゃんは初日《しょにち》よねえ。がんばって」

ローズはウインクした。

「は～い!」赤《あか》ずきんも返事《へんじ》だけはいい。

「ところであなた、オムライスにラブラブなメッセージをケチャップで書《か》けるかしら? すてきに書《か》けたら、ご主人様《しゅじんさま》も、あたしもハッピーよ」

ローズは作《つく》りたてのオムライスとケチャップを用意《ようい》した。

「まずは愛《あい》の言葉《ことば》、ラヴ(LOVE)。書《か》いてみて」

「任《まか》せて!」赤《あか》ずきんは書《か》いた。LABと。

これでは愛《あい》ではない。実験室《じっけんしつ》である。

「……あなた、本当《ほんとう》に高校生《こうこうせい》?」

ローズは疑《うたが》いの目《め》を赤《あか》ずきんに向《む》けた。

赤《あか》ずきんは続《つづ》けて——。

家《いえ》(HOME)を危害《きがい》(HARM)、

デート(DATE)をダイエット(DIET)

と、間違《まちが》いを連発《れんぱつ》する。

「……これを」ローズは赤《あか》ずきんに分厚《ぶあつ》い辞書《じしょ》を渡《わた》す。

「バイトが始《はじ》まる前《まえ》に、2時間勉強《じかんべんきょう》しなさい。でないとクビ」

「ふえ～ん」前途多難《ぜんとたなん》な赤《あか》ずきんだった。

Shogakukan Junior Bunko

★小学館ジュニア文庫★

華麗なる探偵アリス＆ペンギン

ホームズ・イン・ジャパン

2018年 7月 4日　初版第1刷発行

著者／南房秀久
イラスト／あるや

発行人／立川義剛
編集人／吉田憲生
編集／山口久美子

発行所／株式会社　小学館
〒101-8001　東京都千代田区一ツ橋2－3－1
電話　編集　03-3230-5105
販売　03-5281-3555

印刷・製本／中央精版印刷株式会社

デザイン／佐藤千恵＋ベイブリッジ・スタジオ

Printed in Japan　ISBN 978-4-09-231244-9